KB074829

그림자가
사라진

정오

매혹소인

김동하 장편소설

그림자가
사라진

정오

08

NEON
×
SIGN

기억을 잃다 007

그림자 상인 024

소품 상점 달섬 041

그림자 거래의 진실 065

슬픔 버튼 086

환생인 104

희망의 별자리 131

봉인된 카이로스 147

너희가 슬퍼야 하는 이유 165

살아야지 183

그날 우리는 197

그림자가 사라진 정오 228

작가의 말 234

기억을 잃다

길고 긴 터널을 빠져나오듯 마침내 한 줄기 빛이 보이기 시작했다. 굳게 닫혀 있던 정오의 눈꺼풀이 떨리고 있었다. 가늘게 눈을 뜬 정오는 눈이 바늘에 찔린 듯 따가워 다시 감을 수밖에 없었다.

낯선 사람들의 흥분한 목소리 사이로 익숙한 목소리가 들렸다. 어느 정도 빛에 적응한 정오는 다시 한 번 눈꺼풀을 들어 올렸다.

"정오야, 정신이 드니?"

"어, 엄마?"

"정오야!"

정오는 자신을 와락 껴안는 엄마를 보며 서서히

상황을 파악했다. 엄마 곁으로 흰 가운을 입은 사람이 보였다. 아무래도 병원인 듯했다.

모녀의 긴 포옹이 끝나자 곁에 있던 의사가 정오 곁으로 다가왔다.

"환자분, 이름이 뭐예요?"

"제 이름이요?"

정오는 의사가 던진 질문의 의도를 파악할 수 없었다. 바로 옆에 보호자가 있는데 환자 이름을 모를 리 없었다. 그러나 의료진과 엄마의 시선이 부담스러울 정도로 자신에게 집중되어 있어 일단 대답했다.

"정오요, 한정오."

정오의 대답을 들은 의사의 입가에 비로소 안도의 미소가 번졌다. 의사 옆에 선 엄마는 처음으로 '엄마'라는 단어를 입 밖으로 낸 아이를 보듯 감격스러운 표정이었다. 스무 살을 훌쩍 넘긴 나이에 애 취급 받는 게 민망해 정오는 시선을 돌려 주위를 두리번거렸다.

"근데 엄마, 나 왜 병원에 있어?"

예상치 못한 딸의 질문에 최진희의 낯빛이 순식간에 창백해졌다. 간호사들도 당황했는지 서로를 돌아보며 눈빛으로 대화를 주고받았다.

"나 어디 아파? 아니면 다친 건가?"

최진희가 당혹스러운 얼굴로 의사를 돌아보았다. 의사가 허락의 의미로 가볍게 고개를 끄덕였다. 그러자 최진희는 정오를 돌아보며 말했다.

"교통사고가 있었는데 기억 안 나니?"

최진희의 말에 정오는 담요를 들쳐 제 몸 상태를 확인했다.

"상처는 없는 것 같은데……. 근데 나 여기 얼마나 있었어?"

"삼 개월."

"그렇게 오래?"

그때 최진희와 정오의 대화를 지켜보던 의사가 끼어들었다.

"환자분, 몇 가지 검사를 진행할 거예요. 대화는 그 뒤에 하셔도 충분할 것 같습니다."

삼 개월이나 입원해 있었다는 말에 정오의 머릿속이 복잡해졌다. 다친 흔적 하나 없는데 삼 개월이나 의식이 없었다니. 설마 머리를 다친 건가.

한편 최진희 또한 머리가 복잡했다. 딸이 어딘가 달라진 것 같았기 때문이다. 그러나 지금은 불현듯 찾아온 기적에 일단 감사하기로 했다.

정오를 병원에 두고 혼자 집에 돌아온 최진희는 힘없이 신발을 벗었다. 이틀 더 병원에 두고 경과를 지켜보기로 했다. 최진희는 소파에 털썩 주저앉아 생각을 정리해나갔다.

　　지난 삼 개월 동안 딸이 의식을 되찾게 해달라고 빌고 또 빌었다. 그 간절한 기도가 하늘에 닿았는지 정오는 기적적으로 의식을 차렸다. 그러나 정오의 검사를 마친 의사의 말은 충격적이었다.

　　"부분적인 기억상실증으로 보입니다. 처음에는 후유증으로 사고 당시만 기억 못 하는 것 같았는데 추가적인 뇌 손상이 보여요. 대략 최근 이삼 년 동안의 기억에 손상이 있는 것 같습니다."

　　예상치 못한 검사 결과에 최진희는 가슴이 철렁 내려앉았다. 그러나 놀란 것도 잠시 오히려 잘된 일일 수도 있다는 생각이 들었다. 그도 그럴 만한 게 정오가 의식을 잃었던 이유는 사실 교통사고 때문이 아니었다. 최근 일 년 동안 정오는 수시로 자살을 시도했다. 그러다 결국 의식까지 잃고 말았다. 그런데 정오가 그 사실을 기억하지 못한다니 차라리 잘된 일인가 싶었다. 이렇게라도 정오의 지옥이 끝날 수만 있다면.

　　알약이 흩어진 방바닥에 거품을 물고 쓰러져 있

던 정오의 모습이 떠올라 최진희는 몸이 떨렸다. 두 번 다시 보고 싶지 않은 모습이었다. 차라리 정오의 기억이 이대로 영영 돌아오지 않으면 좋겠다고 생각했다.

최진희는 지금부터 자신이 해야 할 일을 하나하나 떠올렸다. 의사는 전과 같이 생활하는 게 정오의 기억 회복에 도움이 될 거라고 했다. 정오가 남긴 사진이나 기록도. 그러니 정확히 그 반대로 행동해야 했다. 정오의 기억은 회복되지 말아야 한다. 그깟 몇 년의 기억쯤 없어도 그만이다. 앞으로 살날이 차고 넘치는 파릇파릇한 청춘이 아닌가.

최진희는 생각이 정리되자 딸의 방으로 건너갔다. 그리고 딸의 최근 흔적을 지우기 시작했다. 친구들과의 네 컷 사진, 다이어리와 노트 등을 빠짐없이 상자에 담았다. 노트북을 켜 문서와 사진, 영상 파일도 지웠다. 처음에는 최근 파일만 지우려다 오히려 의심을 살 수 있다는 생각에 다 지우기로 했다. 바이러스에 걸려 노트북을 초기화했다는 식으로 둘러대면 될 것 같았다.

어느덧 한 해의 절반이 훌쩍 지난 8월이었지만 최진희는 이제야 비로소 새해를 맞는 기분이었다. 암울한 날들을 떠나보내며 새출발하는 기분마저 들었다.

옷가지와 수험서, 화장품 따위의 생필품을 제외

하자 정작 치울 물건은 많지 않았다. 스물여섯 고시생 딸이 살아온 흔적은 소박했다. 상자 두 개에 담긴 물건이 지금껏 딸이 살아온 흔적이었다고 생각하자 괜스레 눈물이 핑 돌았다.

또 뭐가 남았을까 생각해보니 아직 가장 중요한 게 남아 있었다. 정오의 핸드폰. 지금까지 치운 것들을 전부 합한 것보다 더 많은 자료가 있을, 판도라의 상자가 될 물건이었다. 최진희는 딸의 핸드폰을 챙겨 집을 나섰다.

이틀 뒤, 정오는 긴 병원 생활을 마치고 마침내 집으로 돌아왔다. 정오는 연두색으로 도배된 제 방을 보며 낯설다고 여겼다. 마음에 들지 않는 건 아니었지만 마치 고시원에 들어선 기분이었다. 공부에만 전념할 수 있도록 디자인되어 안락함과는 거리가 먼 방이었다.

정오는 국가직 공무원 수험서가 빼곡히 꽂힌, 보기만 해도 숨 막히는 책장을 보며 힘없이 말했다.

"나 고시생이었구나."

수험서는 정오 자신이 고시생임을 알려주는 명백한 증거였다. 합격했더라면 저 벽돌 책들을 이대로 두었을 리 없었다. 최근 기억이 없기에 도리어 기대도 했건만 별거 없는 신세였던 거다. 그러나 진짜 문제는 따로 있었다.

정오는 책장으로 다가갔다. 수험서 중 하나를 펼치자 형형색색 펜으로 표시한 밑줄과 별들이 보였다. 이내 정오의 어깨가 들썩이기 시작했다.

"어, 엄마……. 나 어떡하지? 공부한 게 하나도 기억이 안 나."

최진희는 그런 딸의 뒷모습을 초조하게 바라보았다. 정오가 지난 수년간 얼마나 열심히 준비했는지 잘 알고 있었다. 최진희 역시 정오가 수험생으로 보낸 시간이 아깝지 않을 리 없었다. 대기업에 취업하겠다는 것도, 판검사 같은 전문직을 갖겠다는 것도 아니고 그저 9급 공무원이라는 소박한 소망을 품었을 뿐인데.

최진희는 덩달아 격해진 감정을 추스르고자 심호흡했다. 공무원 시험이야 다시 준비하면 될 일이었다. 아니면 이제라도 다른 직장을 알아봐도 상관없었다. 중요한 건 살아남는 것이다. 최진희는 혼수상태에 빠진 정오를 지켜보며 이 사실을 잊지 말기로 다짐했다.

중요한 건 살아남는 것이다.

최진희는 정오에게 다가가 가볍게 안았다. 지금 딸에게 필요한 건 엄마의 따뜻한 품이라 믿기로 했다.

"시험이야 다시 준비하면 되지. 아니, 그럴 게 아니라 이 기회에 다른 일을 알아보는 건 어때?"

순간 정오가 최진희의 가슴팍을 밀어냈다.

"엄마, 왜 남 일처럼 말해? 나 고등학교 들어갈 때만 해도 서울대 타령하던 사람이? 내가 취업 준비한다고 해도 공무원 타령한 건 엄마였잖아."

최진희는 날 선 정오의 태도에 아차 싶었다. 생각해보니 정오가 예전 기억까지 잊은 건 아니었다. 정오의 말대로 최진희는 정오를 옥죄는 엄마였다.

"그건…… 어쨌든 이젠 아냐. 엄마는 네가 하고 싶은 걸 하면 좋겠어."

"뭐? 지금 와서 갑자기?"

정오의 눈빛이 점점 더 사나워졌다.

"그러니까 엄마 말은…….."

"됐어. 고시 학원은 어디로 다녔는데?"

"그건 왜?"

"왜긴, 재등록해야지."

다시 공무원 시험을 준비하는 건 그렇다 쳐도 다니던 학원에 보낼 수는 없었다. 학원에서 만난 친구들이 기억을 회복하는 촉매제가 될 수도 있지 않은가. 중요한 건 살아남는 거라는 말을 최진희는 다시금 되새겼다.

"이제 막 퇴원했는데 당분간은 좀 쉬면서 생각하자, 응?"

"지금 그럴 시간이 어디 있어, 삼 년간 공부한 게 다 날아갔는데. 내일부터 당장 갈 거야."

정오가 아랫입술을 잘근거렸다. 초조함이 고집으로 변할 때 하는 행동이었다. 이럴 때의 정오는 누구의 말도 듣지 않는다. 그래도 설득해야만 했다.

"의사 말 못 들었어? 당분간은 안정을 취해야 한다잖아. 무리했다가 기억에 또 손상이라도 생기면 더 큰 일이고."

정오는 낙담하면서도 머릿속으로 앞으로의 계획을 빠르게 세우는 듯했다. 계획이 없으면 극도로 불안을 느끼는 아이였다.

"그건 그렇고, 내 핸드폰 어딨어?"

"핸드폰? 참, 안 그래도 새로 사뒀는데. 거기 책상 서랍에 있을 거야."

최진희는 짐짓 시치미를 떼며 얼버무렸다. 정오의 핸드폰을 새걸로 바꾸면서 이전 핸드폰에 있던 데이터는 옮기지 않고 삭제한 상태였다. 게다가 번호까지도 바꿔뒀으니 정오가 알면 길길이 날뛸지도 몰랐다.

"뭐야, 왜 이리 깨끗해? 아무것도 없잖아."

아니나 다를까 핸드폰을 확인한 정오의 눈이 도 끼눈이 됐다.

"너 교통사고 났는데 핸드폰이 멀쩡했겠니?"

"전화번호는 왜 바꿨는데? 이러면 지인들이 내 번호를 모르잖아."

최진희는 생각해둔 시나리오대로 얼버무렸다.

"너 사고 나고 핸드폰 분실 처리됐었어. 그사이 에 다른 사람이 네 번호를 사용했다길래 어쩔 수 없이 새 번호로 개통한 거야. 그래도 원래 네 번호 알던 사람 들한테는 바뀐 번호로 자동 안내 될 거야."

정오는 곧 핸드폰에서 관심을 거두고는 탁상 달 력을 살피기 시작했다. 행여나 정오가 의심할까 봐 마음 졸이던 최진희는 속으로 안도의 한숨을 내쉬며 정오의 이어질 질문에 대한 답변을 떠올렸다. 한 사람의 흔적을 지우는 일은 생각보다 훨씬 어려울지도 몰랐다.

퇴원 삼 일째, 정오는 막막한 심정이었다. 기억이 회복되기를 바라면서 다시 공부를 시작해야 했다. 자신 의 근황을 아는 사람과 통화라도 하고 싶었지만 대인 관 계가 협소했다는 엄마의 말이 사실이었는지 연락 한 통 오지 않았다. 공무원 시험이라는 게 사람을 이렇게 투명

인간으로 만들어버리는 걸까.

박하연에게서 문자가 온 건 모래알 씹듯 점심을 먹고 있을 때였다. 정오의 근황을 전해 들은 박하연은 심심한 위로의 말을 건네며 언제 차라도 같이 마시자고 했다. 정오는 당장 만나자고 답장한 뒤 집을 나섰다.

만나기로 약속한 카페에 도착한 정오는 박하연을 알아볼 수 있을 거라 생각했지만 좀처럼 아는 얼굴을 찾지 못했다. 그때 창가 쪽 테이블에서 누군가 정오를 불렀다.

"한정오, 여기야."

아담한 체구에 단발머리 아래로 드러난 목이 가느다란 여자였다.

"그쪽이 박하연인가요?"

"갑자기 웬 존대?"

"미안하지만 기억이 안 나서……."

"아, 기억상실증이라고 했지? 그래도 얼굴 보면 알아볼 줄 알았는데."

난감한 정오는 어색하게 웃어 보였다.

"그래도 이 정도로 다친 게 천만다행이다."

정오에게 그간 있었던 일을 전해 들은 박하연이 안타까운 표정을 지었다. 정확히는 웃어야 할지 울어야 할지 모르는 어정쩡한 표정이었다. 정오는 차라리 다른 데를 다친 게 나았을 거라는 말을 속으로 삼켰다.

정오는 자신의 근황을 말하면서도 남 일을 전하는 기분이었다. 엄마에게 들은 이야기일 뿐 제 기억은 아니었으니까.

"근데 진짜 아무것도 기억이 안 나?"

"응, 최근 이삼 년의 기억은 전혀."

"어떤 기분일까, 기억이 없다는 건……. 아, 미안. 말 그대로 궁금하단 뜻이지 다른 의도는 없어."

박하연이 실언이라고 생각했는지 배시시 웃음을 보였다.

"그냥 좀 답답한 정도? 공부했던 게 기억나지 않는다는 게 치명적이지."

같은 고시생 처지인 박하연은 이번만은 마땅한 위로의 말을 찾기 어려웠는지 애꿎은 빨대만 만지작거렸다. 그러다 뭔가 생각났다는 듯 손동작을 멈췄다.

"그러고 보니 정오 너 입원한 게 석 달 전이라고 했지?"

"응."

"그럼 그 뉴스 못 봤을 수도 있겠네."

"무슨 소식?"

"사람들 그림자가 사라지기 시작했다는 뉴스."

"뭐래, 나 기억상실이지 판단력 상실은 아니거든."

정오는 터무니없는 소리에 놀라지도 않았다. 내심 박하연이 뭔가 난센스 퀴즈를 내기 위해 밑밥이라도 까는 게 아닐까 짐작할 따름이었다.

"너 진짜 모르는구나?"

"자꾸 무슨 소리야?"

"그게 아니라 진짜로 사람들 그림자가 사라지고 있다니까."

박하연이 답답하다는 듯 핸드폰으로 뭔가를 검색하더니 정오에게 보여주었다. 뉴스 기사였다.

일파만파, 걷잡을 수 없는 그림자 실종

"이, 이게 뭐야?"

사람들의 그림자가 사라진다니. 만우절도 아니고 기사 헤드라인을 비유법으로 작성하기라도 한 건가. 비유라고 생각하니 그럴듯한 추측 하나가 떠올랐다.

"개기일식 말하는 건가?"

박하연이 답답한 마음에 테이블 가운데까지 얼

굴을 들이밀며 말했다.

"답답하네. 그게 아니라 진짜로 사람들 그림자가 사라지고 있다니까."

답답한 건 정오도 마찬가지였다. 가뜩이나 기억이 나지 않아 답답해죽겠는데 약이라도 올리는 건가.

"그림자야 뭐, 해 지면 사라지지."

"그게 정상적인 반응이긴 하지. 좋아, 직접 보여줄게."

"뭘?"

정오는 어쩐지 으스스한 기분이 들었다. 자신이 친구라고 주장하는 이 여자가 어쩌면 모르는 사이가 아닐까 하는 의심마저 들었다.

'이거 혹시 유튜버에게 찍히고 있는 거 아냐?'

그때 박하연이 제 손을 앞으로 쭉 내밀었다.

"자, 봐봐. 내 손 말고 테이블을 봐."

테이블 위에 정말 박하연의 팔 그림자가 보이지 않았다. 정오는 슬쩍 자신의 팔도 박하연의 팔과 나란히 뻗어보았다. 그러자 박하연과 달리 정오의 팔 그림자는 선명하게 테이블 위에 드리웠다.

정오는 귀신이라도 본 사람처럼 놀라 손으로 입을 틀어막았다. 자신의 그림자도 생기지 않았더라면 과

학적인 근거라도 생각해볼 텐데 이건 도저히 설명이 안됐다.

"어, 어떻게 이런 일이…… 혹시 트릭이야?"

"트릭이 아니라, 그림자 상인에게 그림자를 팔아서 그래."

"그림자 상인? 그건 또 뭔데?"

"그림자를 사 가는 사람. 나도 이 주 전쯤에 딱 한 번 만났어. 그때 그림자를 팔았고. 근데 그 그림자 상인 완전 내 스타일인 거 있지? 아이돌도 아닌데 은발이 그렇게 잘 어울리는 사람은 처음 봤다니까."

그림자 상인이 사람들의 그림자를 사 간다니 여전히 믿을 수 없었지만, 그 이야기 말고는 박하연의 그림자가 사라진 현상을 달리 설명할 방법이 없었다.

"자, 잠깐만. 그림자 상인이란 사람이 그림자를 사 가는 거라 했지? 그럼 그림자를 팔면 그 대가로 뭔가를 받는 거야?"

"그게…….."

앞서 거침없이 말을 이어가던 박하연이 이번만은 짐짓 뜸을 들였다.

"슬픔을 없애줘."

"슬픔을 없애준다고?"

정오는 연속해서 이어지는 비현실적인 이야기에 어쩌면 자신이 아직 혼수상태에서 깨어난 게 아닐 수도 있다는 생각마저 들어 슬쩍 팔등을 꼬집어보았다.

박하연이 해맑게 웃으며 말했다.

"그런데 그림자 거래를 두고 말이 좀 많아. 슬픔을 파는 행위가 스스로 인간성을 저버리는 거라나 뭐라나. 하지만 나는 만족해. 나 사실 최근에 남친이랑 헤어지고 좀 힘들었거든. 인강에 파묻혀 사는 인생에 유일한 낙이었으니 오죽했겠니? 그런데 그림자를 팔고 난 뒤로는 하나도 안 슬픈 거 있지? 덕분에 지금은 바로 다른 애랑 썸 타는 중."

그 말에 정오는 조금 전 박하연이 대답을 머뭇거리던 이유를 알 것 같았다. 그림자 거래를 좋지 않게 보는 사람들을 의식해서였다.

"아마 너도 그림자 상인을 만날 날이 올 거야."

"나도?"

"응, 내가 아는 사람들 거의 다 만났거든. 참고로 그림자 상인이 나타나는 조건은 두 가지야. 하나는 감정 상태가 슬플 때라는 거고 나머지 하나는 혼자 있을 때."

"거래 성공률을 높이기 위해서인가?"

"참 너답다. 이런 상황에서도 분석을 하네. 그건

그렇고, 너라면 어떡할 거야?"

"뭘?"

"그림자 상인 만나면 그림자 팔 거냐고."

당연히 한 번도 생각해본 적 없는 일이다. 그림자를 파는 대가로 슬픔을 지울 수 있다니. 그런데 내게 굳이 지우고 싶은 슬픈 기억이 있을까. 바로 떠오르는 기억이라면 아빠에 관한 기억 정도지만 지금은 오래되어 덤덤한 상태였다.

다른 슬픈 기억도 마찬가지였다. 살면서 슬픈 일이 한두 개였겠는가. 그러나 시간이 흐르면서 대부분 무뎌졌고 최근의 기억은 없었다. 굳이 지울 필요를 느낄 만한 슬픔은 없는 셈이다.

"근데 그 그림자 상인이란 놈 수상하지 않아? 도대체 어디에 쓰려고 사람들의 그림자를 사 가는 걸까?"

"음……. 그러게, 왜지?"

"넌 그것도 생각 안 해보고 판 거야?"

"응, 어차피 그림자 같은 건 쓸데도 없잖아. 그리고 말했다시피 실연당해서 힘들었다니까."

"차인 거였냐?"

"아……."

정곡을 찔렸는지 박하연의 어깨가 축 늘어졌다.

그림자 상인

　박하연과 헤어지고 집에 돌아온 정오는 엄마에게 그림자 거래에 관해 물었다. 엄마 역시 박하연과 마찬가지로 그림자 상인을 만난 적이 있다고 했다. 차이라면 박하연과 달리 엄마에게는 그림자가 남아 있다는 점이었다.

　"엄마는 왜 안 팔았어? 나 병원에 있는 동안 힘들었을 거 아냐."

　"그냥 왠지 그러면 안 될 것 같아서. 넌 의식도 없이 혼자 싸우고 있는데 나만 마음 편히 있을 수는 없잖아."

　정오는 엄마가 의식을 잃고 장기간 입원해 있는

것을 상상해보았다. 과연 그 슬픔을 견딜 수 있을까. 확신할 수 없었다. 정오는 방에 들어오자마자 핸드폰으로 인터넷 기사를 살폈다. 그림자가 사라진 사람들에 관한 기사를 찾는 건 어렵지 않았다.

복잡한 심경의 정오와 달리 그림자 없는 사람들은 자연스러워 보였다. 오히려 집에 오는 길에 스쳤던 사람들은 전반적으로 표정이 밝아 보였다. 그러니까 그림자와 슬픔 따위가 사라진다고 해서 이렇다 할 문제는 없어 보였다. 최소한 지금까지는 말이다.

문득 박하연의 말이 생각났다. 남자 친구와 헤어지고 힘들 때 그림자 상인을 만나 편안해졌다는. 정오도 대학 시절 경험한 두 번의 연애와 이별을 떠올려보았다.

'하긴 안 아팠다고 하면 거짓말이지.'

누군가는 풋사랑이라 할지 몰라도 이별은 아팠다. 생각했던 것보다 수십 배나 더 힘들었다. 그런 순간에 누군가 슬픔을 지워준다고 제안한다면 과연 뿌리칠 수 있을까.

잠을 청하기 위해 침대에 누웠을 때 박하연에게서 연락이 왔다.

— 낼 주말인데 뭐 해?

—고시생한테 주말이 어디 있어.

—어차피 지금은 회복 기간이잖아. 그러지 말고 내일
　하루는 나랑 보내자. 너 퇴원 기념으로.

　정오는 바로 답하지 못하고 고민했다. 상황이 상
황인 만큼 놀 기분은 아니었다. 그러나 박하연이라면 다
시 만나기는 해야 했다. 현재까지 엄마를 제외한다면 자
신의 근황을 아는 유일한 사람이니까. 오늘 카페에서 만
났을 때는 예상치 못한 그림자 상인 이야기가 화두에 올
라 정작 묻고 싶은 건 제대로 묻지도 못했다.

—좋아, 어디서 볼까?

—월미도 테마파크.

—그렇게 멀리?

—멀긴 뭐가 멀어. 지하철 타면 금방이지.

—거리도 거린데 이 나이에 무슨 놀이공원이야.

—공짜 티켓이 두 장이나 생겼거든.

—그걸 나랑 쓰겠다고? 썸남이 아니라?

—촉 하나는 좋네. 실은 썸남이랑 가려던 건데 물 건너
　가서 공부할 기분이 아니거든. 놀이공원은 핑계고
　기분 전환 겸 바닷바람이나 쐬고 오자는 거지. 회에

다 소주도 한잔하고.

월미도라니. 가까운 카페나 가자고 할 줄 알았는데 부쩍 커진 스케일에 당혹스러웠다. 놀이공원은 그저 그랬지만 솔직히 소주는 구미가 당겼다. 병원에서는 되도록 음주는 삼가라고 했지만 술이 상실한 기억을 불러내는 특효약이 될지도 몰랐다.

"한정오, 여기야!"

박하연이 테마파크 입구에서 풍선 인형처럼 두 손을 흔들고 있었다. 붐비는 사람들과 대관람차를 보니 기분이 살짝 들떴다. 거리에서 풍기는 달콤한 냄새에 어지럽던 마음이 한결 말랑해졌다.

정오는 딱히 놀이기구를 탈 마음은 없었다. 반면 박하연은 못내 자유 이용권이 아까운 눈치였다. 박하연의 본전 심리를 눈치챈 정오는 대관람차로 앞장섰다. 조금씩 고도가 높아지면서 서해의 장엄한 수평선이 보였다. 오는 길이 수고스럽긴 했지만 나오길 잘했다는 생각이 들었다.

정오가 수평선에 있던 시선을 박하연에게 옮기며 물었다.

"자, 이제 말해봐. 내가 어떤 사람이었는지."

어려운 질문도 아닌데 박하연의 얼굴이 살짝 경직됐다.

"뭔데, 그 표정? 내가 학창 시절에 재수 없단 소리 좀 듣긴 했는데 혹시 너한테도 그랬어?"

"아냐, 그건 아니고. 넌 뭐랄까……."

박하연이 뜸을 들였다. 이후 박하연의 입에서 나온 말은 뜸 들인 것에 비해 꽤 소박했다.

"비밀이 많다고나 할까."

"비밀?"

"말하자면 정오 넌 뭔가 중요한 순간 입을 다물어버리는 스타일이었어."

"흠, 재수 없었단 말이네."

"뭐, 그렇다기보다는……. 우리 진지한 이야기는 이따 술자리에서 하면 안 될까?"

진지한 이야기라니 정오는 속으로 고개를 갸우뚱했다. 박하연 표정만 보면 중요한 면접이라도 치르는 표정이었다. 그런 얼굴을 보니 덩달아 긴장됐다. 예상과 달리 수험서에만 파묻혀 지내진 않았던 걸까.

"그러자, 시간이라면 많으니까."

비로소 박하연의 표정에 생기가 돌았다. 그사이

대관람차가 한 바퀴를 돌아 두 사람은 탑승했던 곳으로 돌아와 있었다.

"우리 딱 하나만 더 타고 이동하는 건 어때?"

하긴 자유 이용권 본전을 뽑으려면 대관람차 하나로는 어림없었다. 그러나 정오는 타고 싶은 게 없었다. 딱히 스릴을 즐기는 편이 아니었기 때문이다. 공포 영화나 스릴러소설을 볼 때도 별다른 감흥이 없었다. 평소 지나치게 분석적이어서 그럴까. 공포가 스릴로 전환되는 원리가 자신에게만은 작동하지 않는 듯했다.

놀이기구를 탈 때도 마찬가지였다. 고등학생 때 탄 롤러코스터 역시 다시는 타고 싶지 않았다. 무서워서가 아니라 재미가 없었다.

그런 정오의 속을 알 리 없는 박하연은 어딘가를 향해 앞장서 걸었다. 박하연을 따라간 곳은 월미도 테마파크의 명물인 디스코 팡팡이었다. 다른 놀이기구에 비해 유난히 대기 줄이 길었다. 정오는 내키지 않았지만 박하연을 따라 대기 줄 끝에 섰다. 서자마자 정오는 자신의 상태가 이상하다는 느낌을 받았다. 그리고 그 느낌은 대기 줄이 짧아질수록 강해졌다.

'왜 이렇게 떨리는 거지?'

정오는 제 손이 수전증에 걸린 것처럼 멈추지 않

고 떠는 것을 이해할 수 없었다. 기억만 잃은 게 아니라 뇌의 다른 부분에도 문제가 생긴 게 아닐까. 분명 좋은 의미에서의 긴장은 아니었다.

대기 줄이 짧아질수록 회전하며 튀어 오르는 거대한 쟁반이 위협적으로 느껴졌다. 당장 이 대기 행렬에서 벗어나고 싶었다. 정오는 지금 느끼는 감정을 이해하기 어려웠다. 롤러코스터나 바이킹 같은 놀이기구도 눈한 번 깜빡이지 않고 타던 자신이 고작 디스코 팡팡 앞에서 공포를 느낀다니 이해가 되지 않았다.

사람들의 환호성이 끔찍한 절규로 변해 경고했다. 타지 마라. 절대 이 놀이기구에 타지 마라.

결국 정오는 박하연의 어깨를 붙잡았다.

"하연아, 우리 이거 패스하고 술이나 마시러 가자. 유치하잖아."

"무슨 소리야, 기다린 시간이 얼만데. 이제 곧 우리 차례야."

박하연은 웃어넘기며 정오의 팔짱을 꼈다.

"정오, 너 설마 무서워?"

정오는 적당히 둘러댔다.

"그게 아니라 나 치마 입었잖아."

"아, 맞네. 그럼 이러면 되지."

박하연은 걸치고 있던 블라우스를 벗어 정오의 허리춤에 묶어주었다. 이쯤 되니 정오도 더는 내뺄 수가 없었다.

정오는 욕실에 끌려가는 고양이처럼 불안한 눈으로 박하연을 뒤따랐다. 빙 둘러 있는 좌석 중 한 곳에 착석하자 이미 좌석에 앉아 있는 사람들이 보였다. 대부분 들뜬 표정이었고 간간이 긴장한 기색이 묻어나는 이들도 보였다.

음악이 흐르고 디제이의 멘트가 시작되면서 디스코 팡팡이 움직이기 시작했다. 정오는 좌석 옆의 난간을 힘껏 움켜쥐었다. 놀이기구의 움직임이 점점 빨라졌다. 정오의 호흡은 거칠어지고 시야가 뒤틀렸다. 거칠어지던 호흡이 정점에 이르자 숨이 쉬어지지 않았다. 제발 멈춰달라고 소리치고 싶었지만 숨이 막혀 목소리를 낼 수가 없었다. 사방에서 들리는 사람들의 아우성이 정오의 불안을 증폭시켰다.

결국 난간을 놓친 정오는 놀이기구 위를 데굴데굴 굴렀다. 사람들은 그 모습을 보며 자지러지게 웃었다. 정오는 일어서는 건 고사하고 정신조차 차릴 수 없었다. 사람들의 웃음소리가 괴로워 손바닥으로 귀를 틀어막았다.

뭔가 이상함을 감지한 디제이가 놀이기구를 멈춰 세웠다. 박하연이 다급히 달려와 잽싸게 정오의 치맛자락을 추스르며 물었다.

"한정오! 괜찮아?"

웅크린 채 벌벌 떨기만 하는 정오를 보며 사람들이 수군거렸다. 박하연은 정오를 부축해 디스코 팡팡에서 내려왔다. 그러고는 근처 벤치에 정오를 앉히고 걱정스러운 얼굴로 바라봤다.

"미안, 괜히 타자고 우겨서."

"괜찮아."

말과 달리 정오는 전혀 괜찮지 않았다. 여전히 눈물이 줄줄 흘렀고 눈물 자국을 따라 흐른 선크림이 얼룩져 있었다.

"나 화장실 좀 다녀올게."

"같이 가자."

"괜찮아, 혼자 갈게."

정오는 박하연을 남겨두고 화장실로 향했다. 엉망이 된 얼굴과 감정을 추스르고 싶었다. 이해할 수 없는, 처음 느껴보는 감정이었다. 남친과 헤어졌을 때와는 비교조차 되지 않는, 당장이라도 죽을 것 같은 엄청난 공포를 동반한 슬픔이었다.

비틀거리며 화장실에 들어가자 얼마 걷지 못하고 다리에 힘이 풀려 주저앉았다. 여전히 눈물이 멈추지 않았다. 무엇 때문에 슬픈지도 모른 채 울던 정오는 출입문이 열리는 소리에 고개를 들었다.

박하연일 거라는 짐작과 달리 남자가 서 있었다. 순간 정오는 감정이 격해서 자신이 남자 화장실을 여자 화장실로 착각한 건가 싶어 염려했다. 그러나 내부 구조로 보아 이곳은 여자 화장실이 맞았다. 구김 없는 와이셔츠 차림에 검정 마스크를 쓴 남자는 이곳이 여자 화장실이라는 사실에도 전혀 개의치 않는 듯 보였다. 그는 자연스럽게 정오에게로 걸어왔다.

이런 경우 놀란 여자가 소리를 지르고 남자는 당황해서 줄행랑을 치는 게 일반적이지만 남자는 너무나 태연하게 걸어왔다. 정오는 남자가 바로 앞에 다가오도록 그저 불안한 눈빛으로 바라볼 뿐이었다.

남자가 정오에게 손 내밀며 말했다.

"슬퍼 보이네요."

맑고 따뜻한 목소리였으나 어딘가 기시감이 들었다. 정오는 남자가 내민 손을 잡는 대신 그의 얼굴을 멍하니 바라봤다. 곧 그 기시감의 이유를 깨달았다. 남자의 머리카락 색에서 박하연이 만났다던 그림자 상인에 대한 묘사가 떠오른 것이다.

"혹시 그림자 상인인가요?"

"따로 제 소개를 할 필요는 없겠네요."

정오는 마른침을 꿀꺽 삼켰다. 그림자 상인은 사람들이 혼자 슬퍼할 때 나타난다던 박하연의 말이 떠올랐다. 자신이 조금 전에 느낀 강렬한 슬픔이 혼자 있는 지금, 그림자 상인을 불러들인 셈이다.

그림자 상인은 바로 본론부터 꺼냈다.

"정오 씨, 제게 그림자를 파시겠습니까? 동의하신다면 지금 느끼는 슬픔을 비롯해 앞으로 그 어떤 슬픔도 느끼지 않게 해드리겠습니다."

정중한 말투였음에도 정오는 남자의 태도가 거슬렸다. 이미 자신의 이름을 알고 있다는 사실도 불편했다.

"제 이름은 어떻게 안 거죠?"

"그게 중요한가요?"

정오는 일어서서 그림자 상인을 노려보았다. 박하연의 말대로 아이돌처럼 곱상하게 생긴 얼굴이었다. 한 가지 눈에 띄는 건 눈 밑에 자리한 별 모양의 작은 타투였다.

정오의 따지는 듯한 말투에도 그림자 상인은 조

금의 동요 없이 정오의 눈을 바라보았다. 그러자 정오는 슬쩍 기가 질렸다. 어쩌면 상대는 인간이 아닐지도 몰랐다. 아니, 인간일 리 없었다. 어떤 인간에게 슬픔을 없애는 능력이 있겠는가.

정오는 그림자 상인에게 그림자가 없다는 사실을 깨닫고 물었다.

"혹시 신인가요?"

속눈썹이 살짝 움찔거리는 걸로 보아 그림자 상인도 내심 당황한 눈치였다.

"신이 저처럼 사람들 일에 관심이나 있을까요?"

신이 아니라면 도대체 정체가 뭘까.

"제가 좀 바쁩니다. 십 초 드리죠. 그 안에 그림자를 팔지 말지 결정해주길 바랍니다."

"자, 잠깐만요."

"일, 이, 삼……."

그림자 상인은 정오의 말은 아랑곳없이 카운트를 세기 시작했다. 정오는 초조했다. 조금 전 느낀 죽음의 공포와 그 이후 밀려든 해일 같은 슬픔. 두 번 다시 느끼기 싫은 감정의 너울. 이 끔찍한 감정을 평생 쓸 일 없을 그림자와 바꿀 수 있다면 무조건 이득이었다. 사람들이 왜 제 그림자를 파는지도 단숨에 이해됐다. 그런데

왜일까, 아무런 쓸모도 없는 그림자를 넘기기가 망설여
지는 건.

"팔, 구……."

이젠 진짜 결정을 내려야 할 때였다.

"좋아요, 팔겠어요."

"잘 결정하셨습니다."

"대신 조건이 하나 있어요."

"흠, 좀 유별나시네요."

"유별나다고 해도 상관없어요. 전 최소한 그쪽이
제 그림자로 뭘 하려는지는 알고 팔고 싶으니까요. 그림
자를 사들이는 이유가 있지 않나요?"

정오는 짧은 순간 그림자 상인의 입꼬리가 올라
갔다 내려오는 걸 본 것 같았다.

"정 그러시다면 좋습니다, 알려드리죠. 제 목적
은 사람들의 슬픔을 지우는 겁니다. 그림자는 슬픔을 지
우는 데, 정확히는 슬픔을 봉인하는 데 필요한 재료라고
해두죠."

"정말 그게 다인가요?"

그림자 상인이 가볍게 고개를 끄덕였다. 정오는
어쩌면 그림자 상인의 진짜 정체가 인간의 모습을 한 천
사일지도 모른다고 짐작했다. 슬퍼하는 사람들을 안타

깝게 여긴 천사 말이다.

그림자 상인이 타일 바닥 위로 희미하게 드리운 정오의 그림자를 내려다보며 말했다.

"이제 당신의 그림자를 가져가겠습니다."

그림자 상인의 시선을 따라 이제 곧 작별할 제 그림자를 내려보던 정오는 다시 그림자 상인을 향해 고개를 들다가 그가 붉은 혀로 입술을 핥는 걸 보았다. 마치 입술에 달콤한 연유라도 묻어 있다는 듯. 그 잠깐의 행동에 사내가 천사일지도 모른다는 추측이 싹 사라졌다.

뭔가 불길했다. 만약 천사가 아니라 악마라면?

정오가 불안해하는 사이 그림자 상인은 한쪽 무릎을 꿇으며 정오의 그림자에 손을 댔다. 정오는 불길한 예감에 거래를 중단하고 싶었다. 그러나 무슨 이유에서인지 목소리가 나오지 않았다. 움직이지 않는 건 입술만이 아니었다. 온몸이 굳어 옴짝달싹할 수 없었다.

그때 그림자 상인의 고개가 뒤로 한껏 젖혀졌다. 고통스러워 보이는 표정과 달리 그의 입 모양만 웃고 있었다. 그 모습이 정오의 불안을 더 키웠다. 그림자 상인은 마치 기다리던 한정판을 손에 넣었을 때처럼 기뻐했다.

"이 정도 그림자가 얼마 만인지……. 정말 엄청난 슬픔이네요."

그러나 그림자 상인의 웃음은 오래가지 못했다. 웃음이 멎은 그의 표정이 눈에 띄게 일그러졌다. 잠시 후 그는 긴 숨을 내쉬며 그림자에서 손을 뗐다. 정오의 그림자는 사라지지 않고 그대로 있었다.

정오 역시 그림자 상인만큼 당황했다. 때마침 몸이 움직이기 시작했다. 정오는 그림자 상인을 밀치고 곧장 화장실 출입문으로 달렸다. 그러나 정오의 손이 미처 출입문에 닿기 전, 순식간에 거리를 좁힌 그림자 상인의 손이 정오의 손목을 낚아챘다.

그는 정오를 자신 쪽으로 돌려세운 뒤 따지듯 물었다.

"당신 설마 기억을 잃었습니까?"

"그, 그걸 어떻게…….."

그림자 상인이 분하다는 듯 혼잣말을 했다.

"그래서 그림자 추출이 안 되는 거였어."

정오는 화나 보이는 그림자 상인이 점점 두려워졌다. 그러나 그림자 상인은 이내 평정심을 되찾고 처음 등장했을 때처럼 덤덤한 얼굴로 돌아갔다.

"이거 재밌어지네요. 우린 곧 다시 보게 될 겁니다, 한정오 씨."

그림자 상인은 의미심장한 말을 남기며 정오의

손을 놓아주었다. 정오는 곧장 출입문을 밀치고 화장실을 뛰쳐나왔다. 그림자 상인은 정오를 쫓아오지 않았다.

핸드폰으로 셀카 구도를 잡던 박하연은 앵글에 잡힌 정오를 보고 화들짝 놀라며 뒤를 돌아보았다. 정오가 헐레벌떡 뛰어오고 있었다.

"무슨 일 있어? 왜 그래?"

정오는 숨이 가빠 말을 제대로 잇지 못했다.

"그, 그림자……."

"그림자? 그림자가 뭐?"

"그림자 상인……."

"그림자 상인? 혹시 그림자 상인 만난 거야?"

정오가 고개를 끄덕이자 박하연이 정오의 발치를 살폈다.

"근데 왜 아직 그림자가 있어? 설마 안 판 거야?"

정오가 고개를 끄덕이다가 가로저었다.

"팔았다는 거야, 안 팔았다는 거야?"

"그게, 좀 이상하게 됐어."

정오에게서 자초지종을 들은 박하연은 뚱한 표정을 지었다.

"결론은 넌 그림자를 판다고 했는데 그림자 상인

이 안 사 갔다는 거잖아. 네 그림자에 하자라도 있나?"

"그건 아닌 것 같아. 잘은 몰라도 꽤 탐내는 눈치였거든."

"그것도 그래. 내 그림자 사 갈 때는 무덤덤하기만 하던데. 다른 사람들도 다 그랬을걸? 왜 너한테만 그런 반응을 보였던 거지?"

박하연의 말에 정오는 더 혼란스러워졌다.

"조금 더 자세히 말해봐, 어떤 상황이었는지."

정오는 조금 전 상황을 차분히 되짚어보았다. 자신의 그림자를 맛보듯 만지며 '엄청난 슬픔'이라고 감탄하던 모습, 그림자가 슬픔을 봉인하는 재료라던 말 그리고 기억을 잃어서 그림자를 추출할 수 없다던 말이 연속적으로 떠올랐다.

지금까지 그림자 상인을 만난 사람들의 말에서 느껴진 이미지는 사람들을 슬픔으로부터 수호하려는 파수꾼 같았다. 그러나 정오가 직접 만나본 느낌은 조금 달랐다. 아니, 많이 달랐다. 파수꾼보다는 사냥꾼에 가까웠다.

"일단 자리 좀 옮기자."

박하연도 더는 놀이기구에 미련이 없는지 고개를 끄덕였다.

소품 상점 달섬

테마파크를 빠져나온 정오와 박하연은 부두를 따라 걸으며 식사 겸 가볍게 술을 마실 만한 가게를 찾았다. 게임장이 늘어서 있는 길목에 접어들었을 때, 정오는 야구장과 사격장 사이에 난 골목 앞을 지나다 걸음을 멈췄다.

골목 안쪽에서 초승달 모양의 간판 하나가 반짝이는 게 보였다. 초승달 그림 밑으로 '소품 상점 달섬'이라는 상호가 보였다. 시간은 이제 막 세시를 지나고 있어서 저녁을 먹기에는 일렀다. 시간도 때울 겸 소품 구경을 하는 것도 나쁘지 않을 것 같았다.

"하연아, 너 배고픈 거 아니면 저기 잠깐 들를

까?"

"좋지."

파란색 창틀을 두른 유리창 안쪽으로 소품을 구경하는 사람들이 보였다. 젊은 연인과 여학생이 많았다.

박하연이 출입문을 당기자 문 위에서 맑은 종소리가 울렸다. 정오와 박하연은 사람들 속에 섞여 진열된 상품들을 구경했다. 각종 핸드폰 고리와 그림엽서, 무드등과 모빌까지 소장 욕구를 부르는 상품이 가득했다.

상점은 내부 구조로 보아 가옥을 개조한 것 같았다. 문을 떼어 방을 개방한 형태였는데 유일하게 복도 끝에 있는 방 하나에만 문이 남아 있었다.

정오는 문에 달린 문패를 중얼거렸다.

"슬픔 복원실……."

특이한 이름이었다. 추억이라면 모를까 누가 슬픔을 복원하겠는가. 행동파인 박하연이 다짜고짜 문손잡이에 손을 올렸다.

"여긴 왜 닫아뒀지? 열어볼까?"

"그건 곤란할 듯."

정오가 문패 밑에 작게 쓰인 'Staff Only'라는 문구를 가리키며 말했다.

"이러니까 더 궁금한데?"

박하연이 정오의 만류에도 손잡이를 쥔 손에 힘을 주었다.

"잠겨 있네."

두 사람은 슬픔 복원실을 훔쳐보는 일은 포기하고 쇼핑이나 계속하기로 했다. 그렇게 상점 구석구석을 돌아다니던 정오는 왠지 마음이 가는 핸드폰 고리 하나를 찾아냈다.

모래시계였다. 이미 여러 개의 모래시계를 갖고 있었지만 모래시계만 보면 눈을 뗄 수 없었다. 정오와 달리 박하연은 아직 마음을 사로잡은 물건을 고르지 못한 눈치였다.

그때 근처에서 핸드폰 고리를 구경 중이던 고등학생들이 속닥이는 소리가 들렸다.

"봤어? 저 사람 아냐?"

"어, 맞는 것 같아."

"와, 실물 무슨 일이야! 요새 얼굴 보기 힘들다던데 대박이네."

두어 발짝 떨어진 곳에 있는 정오에게도 학생들의 숙덕거림이 들렸다. 정오는 무의식중에 학생들이 훔쳐보는 곳을 돌아봤다. 무드 등 배치를 조정하고 있는 남자가 보였다. 훤칠한 키에 수려한 이목구비를 가진 남지는 평범한 반소매 흰색 티셔츠만 걸쳤는데도 돋보였다.

남자를 훔쳐보며 학생들은 들뜬 채 대화를 이어
갔다.

"야, 그만 봐."

"뭐, 어때."

"소문 못 들었어?"

"무슨 소문?"

"너 진짜 아무것도 모르고 따라왔어? 저 사람이
사장이잖아. 완전 바람둥이에다 양성애자."

"헐."

학생들은 핸드폰 고리는 보는 둥 마는 둥 사장을
훔쳐보느라 정신이 없었다. 정오는 학생들의 대화에는
별 관심이 없었다. 떠도는 풍문 따위는 별로 믿을 게 못
된다는 게 평소 생각이었다. 오히려 알지도 못하는 사람
의 입방아에 찍히는 사장이 안쓰럽게 느껴졌다. 저 정도
크기의 목소리라면 사장이 조금만 주의해도 들릴 것 같
았다.

"그래도 바람둥이로는 안 보이는데. 착해 보여."

"넌 얼굴 잘생기면 다 착해 보인다고 하더라. 커
뮤니티에 소문 쫙 퍼졌어. 타로점 봐준다면서 수작질 건
다고."

"진짜 타로만 봐주는 걸 수도 있지."

"돈도 안 받고 굳이? 그것도 사람 가려가면서? 커뮤니티에 저 사람이 작업 걸어왔다고 직접 밝힌 사람도 있다니까."

"그거야 지어낸 이야기일 수도 있지, 뭐. 이럴 게 아니라 내가 먼저 타로 좀 봐달라고 해볼까 봐."

"미쳤네."

결국 학생들의 말을 듣고 만 걸까. 사장이 슬쩍 이쪽을 돌아보았다. 그러자 학생들은 금세 목소리를 낮추고는 자리를 이동했다. 사장은 관심 없다는 듯 다시 하던 일에 집중했다.

박하연은 학생들의 말이 들어주기 힘들다는 듯 정오에게 말했다.

"쟤네, 말이 좀 심한 거 아냐?"

"저 나이대 애들이 그렇지, 뭐."

무심한 정오와 달리 박하연은 자리를 옮긴 학생들을 향해 눈을 흘겼다.

"그건 그렇고 너 그림자 상인 만났을 때 말이야. 진짜 이해가 안 돼서 그러는데 네가 그냥 팔기 싫다고 했던 건 아냐? 놀라서 기억이 헷갈린 걸 수도 있잖아."

박하연의 물음에 정오는 그림자 상인과 만났을

때를 떠올렸다. 잘못 기억한 부분은 없었다.

"아냐, 난 팔겠다고 했는데 그 사람이 실패한 거
야."

"음, 역시 기억과 그림자 사이에 무슨 관련이 있
는 건가."

"정황상 그렇게 보는 게 맞겠지."

그때였다. 정오는 등 뒤에서 느껴진 인기척에 놀
라 고개를 돌렸다. 앞서 본 달섬 사장이 접근해 있었다.

사장은 말없이 정오의 발치를 내려다보는 중이
었다. 정오의 시선을 느낀 그가 천천히 고개를 들었다.
그의 눈동자가 흔들리고 있었다.

"아직 그림자가 있으시네요."

"네?"

"반갑다는 의미입니다. 요즘은 그림자 있는 손님
을 보기가 힘들거든요. 아니, 그림자가 있는 사람 자체
가 드물죠."

사장의 말에 정오 역시 슬쩍 사장의 발치를 내려
다보았다. 동류를 발견한 반가움의 표현인가 싶었지만
예상과 달리 사장은 그림자가 없었다. 말은 그렇게 하지
만 사장도 그림자를 판 부류인 셈이다.

지금 와서 그림자를 판 걸 후회라도 하는 걸까.

다시 시선을 든 정오는 상점의 사람들이 자신과 사장을 훔쳐보고 있다는 사실을 뒤늦게 깨달았다. 얼굴이 뜨거워졌다. 모르긴 몰라도 이 상점의 손님 중 상당수는 물건을 사는 것보다는 사장과 사장을 둘러싼 풍문에 관심이 있는 모양이다.

그러자 사장이 정오의 생각을 들여다보기라도 하듯 말했다.

"실례가 안 된다면 타로점을 봐드려도 될까요?"

앞서 들은 학생들의 대화가 사실이라면 사장은 지금 수작을 부리는 거였다. 그러니 안 된다고, 싫다고 해야 했다. 그리고 그렇게 말하려고 했다. 그러나 정오가 입을 열기에 앞서 사장이 먼저 말을 꺼냈다.

"오늘 하루 힘들지 않았나요? 제가 도움이 될 수 있을 것 같습니다만."

정오는 조금 전 박하연과 나눈 대화를 사장이 엿들었다고 생각했다. 그렇다면 근처에서 재잘대던 학생들의 대화도 들었을 것이다. 그런데도 이런 말을 한다는 건 사람들의 시선 따위 신경 쓰지 않는 타입인가 싶었다.

고민에 빠진 정오가 슬쩍 박하연을 돌아봤다. 분명 말릴 거라는 예상과 달리 박하연은 넋 나간 얼굴로 고개를 끄덕이고 있었다. 마치 조금 전 사장의 질문이 정오가 아닌 박하연 자신에게 향한 것이라는 듯 말이다.

정오의 대답은 정해져 있었다. 수작질에 놀아날 생각도 없었고 정말 타로점을 봐주는 거라고 한들 관심 없었다. 운세 같은 건 믿지 않으니까.

"미안하지만 타로점 같은 건 필요 없…….."

정오가 거절의 의사를 표하려던 중에 박하연이 갑작스레 정오와 팔짱을 꼈다.

"내가 같이 있는데 뭐가 문제야. 재미로 봐봐. 네가 싫다면 나라도……."

박하연은 마치 친구가 연애 기획사에서 스카우트 제안이라도 받은 것처럼 눈을 반짝였다.

그때였다. 미처 피할 틈도 없이 사장의 얼굴이 정오의 귓가로 다가왔다.

"그림자 상인에 대해 더 알고 싶지 않나요? 그가 왜 당신의 그림자를 훔치지 못했는지도요."

정오는 사장의 말에서 한 가지 이상한 점을 느꼈다. 그는 분명 그림자 상인이 그림자를 훔치지 못했다고 표현했다, 사지 못했다가 아니라.

"한번 들어나 보죠."

정오가 사장을 따라 도착한 곳은 유일하게 방문이 달린 슬픔 복원실 앞이었다. 그림자 상인에 대한 정보를 알려준다기에 얼떨결에 따라왔지만 막상 닫힌 문을 보니 슬그머니 겁이 들기도 했다. 방 이름도 신경 쓰였다. 물론 상점에는 박하연을 비롯해 다른 손님들도 있으니 별일이야 있겠나 싶었다. 아니다 싶으면 바로 나오면 그만이었다.

사장은 곧장 문을 여는 대신 박하연을 돌아보더니 문밖에서 대기해달라고 했다. 박하연은 아쉬운 눈치였지만 별수 없이 고개를 끄덕였다.

슬픔 복원실에는 테이블을 두고 마주 보고 있는 스툴 두 개가 있을 뿐 흔한 가구 하나 없었다. 한 가지 특이한 점은 벽 모퉁이에 위층으로 이어진 계단이 있고 계단 끝에 문이 하나 있다는 점이었다. 밖에서 보았을 때 단층 건물이었으니 아무래도 옥상과 연결된 계단인 것 같았다.

방을 둘러보던 정오는 어쩐지 으스스한 기분이 들었다. 가뜩이나 칙칙한 녹색 페인트로 도배된 실내인데 작은 채광창 하나 없었다. 보통 타로점을 보는 장소는 안온한 분위기로 꾸며져 있지 않나.

"창문이 없네요."

"사정이 있습니다만 지금은 설명해도 이해 못 하실 겁니다."

정오는 사장이 말한 사정을 짐작할 수 없었지만 굳이 캐묻지 않았다. 뭐가 됐든 밝힐 수 없는 데는 그만한 이유가 있을 테니까.

사장은 곧장 타로 카드가 있는 테이블로 다가가는가 싶더니 스툴에 앉는 대신 테이블 옆에 멈춰 섰다.

정오는 낯선 공간에 낯선 남자와 단둘이 있다는 사실이 내심 불편했다. 그래도 제 발로 들어온 이상 일단 상황을 지켜보기로 했다. 여차하면 그림자 상인에 관해서만 듣고 나설 생각이었다.

"아무리 봐도 타로점을 보는 장소로는 보이지 않네요."

사장은 뭔가 말을 고르는 눈치였다. 테이블 위에 올려진 손가락으로 연신 테이블을 두드리고 있었다. 그러다 두드리던 것을 멈추고 입을 열었다.

"실은 본의 아니게 친구분과 나눈 대화를 엿듣게 됐습니다. 정오 씨가 그림자 상인을 만났다는 이야기요."

"네, 그림자 상인이라면 여기 오기 전에 만났어요. 보다시피 그림자는 팔지 않았지만요."

정오는 팔지 못했다고 말하는 편이 정확한 게 아닐까 싶었지만, 굳이 정정할 필요는 느끼지 못했다.

"실례가 아니라면 그 이야기를 자세히 듣고 싶습니다."

학생들의 짐작과 달리 호색한 쪽은 아닌 듯했다. 그러나 다른 쪽으로 수상하기는 했다. 왜 처음 보는 사람이 그림자 상인과 만난 일을 궁금해하는지 이해할 수 없었다. 그림자 상인과 거래한 사람들의 이야기라면 인터넷에 널리고 널렸을 텐데. 그저 본론으로 들어가기 전에 라포르를 형성하려는 건가. 아직 확신할 수 있는 게 없었다.

정오가 이런저런 추측을 하느라 대답이 늦어진 사이 사장이 먼저 입을 열었다.

"그 전에, 제 이름은 로혼입니다. 다른 의도가 있는 건 아니고 제 이름도 알려드리는 게 공평할 것 같아서요."

"특이한 이름이네요."

로혼은 다음 말을 기다리는 듯 정오를 가만히 바라보았다. 정오는 그의 눈빛에 담긴 질문을 이미 알고 있었다.

"그림자 상인과 만난 일을 말해드리는 건 어렵지

않아요. 대신 그 전에 저도 하나 물을 게 있어요."

"얼마든지요."

정오는 아까 들었던 사장의 귓속말을 떠올렸다.

"그림자 상인을 말할 때 도둑 취급 하시던데 왜 그런 거죠?"

"사실이니까요. 그자는 상인이 아니라 도둑입니다. 어쩌면 사기꾼이 더 어울릴지도 모르겠네요."

단호한 말투에 정오가 고개를 갸웃거렸다.

"그림자를 가져가는 대신 슬픔을 지워준다고 하던데요. 좀 미심쩍기는 해도 거래는 거래 아닌가요?"

"물론 대부분 그렇게 생각할 겁니다. 하지만 제가 증명하지 않아도 곧 그자의 실체가 드러날 거예요. 물론 그럴 일이 없기를 바라지만요. 대답이 됐다면 이제 그림자 상인과 있던 일을 들려주시겠습니까?"

로혼은 결과적으로는 대답을 유보했다. 따라서 여전히 눈앞의 남자에 대한 의심이 걷히지 않았지만, 전화번호나 신상을 묻는 것도 아니고 그림자 상인과의 일 정도는 알려줘도 괜찮을 것 같았다.

로혼은 잠자코 정오의 이야기를 들었다. 그러다 정오가 말을 끝내자 기다렸다는 듯 입을 열었다.

"그자의 이름은 하백입니다."

'하백?'

정오가 속으로 그림자 상인의 이름을 중얼거리는 동안 로혼이 정오에게 들은 이야기를 요약했다.

"정리하자면 하백은 정오 씨 그림자를 무척 탐냈고 거래 조건도 성립된 셈이지만 정작 그림자 추출에는 실패했다는 거네요. 실패한 이유는 아무래도 정오 씨의 기억상실과 관련이 있는 것 같고요."

"맞아요. 그리고 다시 보게 될 거란 말도 했어요."

"정말입니까? 진짜 다시 보게 될 거라고 했어요?"

갑자기 로혼의 태도가 돌변했다. 그는 가까운 이의 사고 소식이라도 전해 들은 사람처럼 흥분했다.

"네, 무슨 문제라도?"

로혼의 표정이 심각해졌다. 그는 미간을 찌푸린 채 아랫입술을 잘근잘근 깨물었다. 덩달아 정오의 심장 박동도 빨라졌다.

"하백은 한번 거래가 틀어진 사람은 두 번 다시 찾아오지 않습니다. 최소한 지금까진 그랬어요."

"그럼 제게 거짓말을 했다는 건가요?"

"그건 아닐 겁니다. 그럴 이유가 없어요. 보통의 경우라면 한번 그림자 거래가 중단된 사람과 재거래를 할 바엔 차라리 다른 사람에게 접근하니까요. 안 팔겠다는 사람을 힘들게 설득하기보다 그편이 효율적이니까.
그런데 굳이 정오 씨를 다시 찾아오겠다고 했다면 둘 중
하나일 겁니다."

로혼이 오른손으로 주먹을 말아쥐고 가볍게 테
이블을 짓눌렀다.

"하백에게 정오 씨의 그림자가 포기할 수 없을
정도로 큰 가치가 있거나, 그게 아니라면……."

로혼이 말을 잇기가 힘든 듯 다시 한번 말을 쉬
었다.

"더 이상 그림자를 갖고 있는 사람을 찾기 힘들
어졌기 때문이겠죠. 최악은 둘 다인 경우입니다. 그건
때가 되어간다는 의미니까요."

정오는 판타지 소설의 줄거리라도 듣는 기분이
었다. 그러나 사장의 표정은 진지했다. 장난으로도 거짓
으로도 느껴지지 않았다.

"어떤 때를 말하는 거죠?"

"저도 최근에서야 알게 된 사실입니다만 한마디
로 재앙이 닥쳐올 겁니다."

정오의 가슴이 철렁 내려앉았다. 재앙이라면 어
떤 재앙을 말하는 걸까. 어떤 재앙이든 그게 달가울 리
없었다. 어쩌면 자신의 그림자가 그 재앙의 씨앗이 될

수도 있다는 말이 아닌가.

정오는 다시 한번 로혼의 표정을 살핀 뒤 슬쩍 방을 둘러보았다. 어딘가 카메라라도 숨겨져 있는 게 아닌가 해서였다. 너도나도 유튜버가 되겠다며 별의별 것을 불법으로 몰래 찍어대는 세상이 아닌가. 그러나 어디에도 카메라로 의심되는 건 보이지 않았다.

정오는 다시 사장의 얼굴을 살폈다. 그는 진심이었다. 그가 이런 거짓말을 할 이유도 딱히 떠오르지 않았다. 사이비 교주라면 모를까, 지금 한 말이 거짓말이라고 한들 그에게는 어떤 이익도 없을 터였다.

어쨌든 괜한 일에 말려들 생각은 없었다. 정오에게는 이미 재앙 같은 상황이 벌어졌고 그 재앙은 아직 진행 중이었다. 고시생 신분인데 무려 삼 개월이나 병원에서 허비하지 않았는가. 그것도 모자라 최근 삼 년간의 기억까지 잃은 상태였다. 이거야말로 재앙이 아니고 무엇이겠는가.

"죄송하지만 재앙이니 뭐니 해도 저와는 상관없는 얘기네요. 그만 나가봐야겠어요."

정오는 로혼의 동의를 구하지 않고 등을 돌렸다. 출입문이 보이니 불안한 마음이 조금 진정되었다. 이제부터는 사장이 무슨 말을 하더라도 무시할 생각이었다.

"제 말 믿기 힘들다는 거 이해합니다. 그럼 딱 한 가지만 확인해봐요."

그러거나 말거나 문에 도착한 정오는 손잡이를 붙잡았다.

"손가락을 보세요. 정오 씨 손가락 끝이요."

더는 말을 섞지 않기로 결심해서일까. 선택까지가 어렵지 인간은 일단 선택하고 나면 그 선택을 믿는 건 어렵지 않은 법이다. 저 남자는 정상이 아니다.

정오는 결국 문을 열었다.

문 앞에서 대기 중이던 박하연은 슬슬 정오가 걱정되기 시작했다. 그때 상점 메인 홀 방향에서 사람들이 웅성거리는 소리가 들렸다.

"저게 뭐야?"

"그림자잖아."

"누가 그걸 모르냐. 대체 누구 그림자냐고?"

"증강현실 같은 거 아냐?"

"아냐, 뭔가 이상해."

박하연은 사람들의 웅성거림에 메인 홀로 다가갔다. 복도를 지나자 사람들을 웅성거리게 한 존재의 실체가 보였다. 추상적인 형태의 작은 그림자들이 홀 벽에서 꿈틀거리고 있었다. 박하연은 본능적으로 빔프로젝터 같은 기기가 있는지 주위를 살폈지만 딱히 그런 기기는 보이지 않았다.

그림자들은 홀 사방의 벽면에서 마치 살아 있는 것처럼 움직이다가 점점 벽을 기어오르더니 천장 중앙으로 모여들었다. 그리고 서로 합쳐지면서 점점 부피를 키웠다.

거대해지는 그림자를 보며 불길함을 느낀 사람들이 상점을 빠져나가기 시작했지만 호기심이 강한 이들은 홀에 남아 상황을 주시했다. 그러는 사이 마지막 남은 작은 그림자 하나가 천장의 커다란 그림자에 더해졌다. 그러자 평면이던 그림자가 입체 형태로 부풀더니 검은 종유석처럼 아래로 늘어져 내렸다.

"꺄악!"

상점에 남아 있던 사람들이 경악했다. 앞다퉈 출입문으로 달려갔고 일부는 뒤엉켜 넘어졌다. 그사이 그림자는 사람의 형태로 변해갔다. 2미터가 훌쩍 넘는 거구의 그림자는 머리에 구멍 하나가 뚫려 있었다. 그림자는 그 구멍으로 주위를 둘러보았다. 그때 어디선가 스툴 하나가 그림자를 향해 날아왔다. 박하연 옆에 있던 다부진 남자가 집어 던진 것이다.

"꺼져, 이 괴물아."

스툴은 그림자의 등 부분에 명중했다. 그림자의 등에 박힌 스툴은 그림자의 몸을 타고 주르륵 흘러내렸다. 아무런 피해도 주지 못한 듯했다.

그림자가 스툴이 날아온 방향을 돌아보았다. 서늘한 기운을 느낀 남자는 뒷걸음쳤다.

"뭐, 뭐야!"

그림자는 순식간에 남자를 향해 달려들어 남자가 미처 달아날 틈도 없이 허리를 움켜쥐더니 야구공 던지듯 가볍게 집어 던졌다. 맥없이 날아간 남자는 벽에 부딪혀 의식을 잃고 쓰러졌다.

박하연은 남자의 머리에서 흘러내린 피가 번지는 모습을 보며 바들바들 떨었다. 출입문에 엎어져 있던 사람들도 남자가 당하는 모습을 보고는 네발로 달아났다. 박하연도 그들에 섞여 달아나려 했다. 그러나 공포로 인해 다리가 빳빳하게 굳었다. 신체의 움직임이 의지에 반했다. 좀처럼 무릎이 접히지 않았다.

그림자는 박하연을 쓱 쳐다보더니 관심 없는지 다른 곳으로 시선을 돌렸다. 뭔가를 찾는 눈치였다. 박하연은 그림자가 자신에게 신경 쓰지 않는 틈을 타 상점에서 빠져나가려 했지만 그림자가 출입문 방향에 있어

후문으로 달아나는 수밖에 없었다. 박하연은 그림자가 다른 방향을 보는 사이 발소리를 죽여가며 뒷걸음질 쳤다. 그러다 완전히 몸을 돌려 뛰기 시작했다. 뒤늦게 박하연이 달아나는 걸 알아챈 그림자가 뒤쫓아왔다.

그때 슬픔 복원실의 문이 열리고 정오가 나왔다. 문을 연 정오의 눈에 들어온 건 자신에게 달려오는 박하연과 그 뒤를 쫓는 기이한 검은 형체였다. 잘은 몰라도 위협적으로 보였다.

"살려줘!"

박하연의 외침에 정오는 화들짝 정신을 차렸다.

"이쪽이야!"

정오를 발견한 박하연은 목적지를 후문에서 정오가 있는 슬픔 복원실로 바꿨다. 하지만 끝내 문에 이르지 못하고 그림자에게 따라잡히고 말았다. 그림자가 휘저은 거대한 팔이 채찍처럼 박하연의 옆구리를 후려쳤다. 박하연은 맥없이 날아가 복도의 벽에 부딪히고 의식을 잃었다. 그러는 중에도 그림자는 속도를 줄이지 않고 곧장 정오에게 달려왔다. 애초에 목표가 정오인 것 같았다.

"박하연!"

정오는 박하연의 이름만 외칠 뿐 다가가지도 달

아나지도 못했다. 감당하기 힘든 공포에 사고의 퓨즈가
나가버렸다. 이대로라면 꼼짝없이 괴물에게 당할 처지
였다.

"피해요."

정오의 등 뒤에서 나타난 로혼이 잽싸게 정오의
앞으로 뛰쳐나가며 그림자를 막아섰다. 로혼도 180센
티미터가 넘는 건장한 체격이었지만 그림자와 함께 서
있으니 어린아이 같았다. 그런데도 로혼은 그림자와 대
등하게 싸웠다. 그림자를 벽으로 밀친 로혼이 연신 주먹
을 내질렀다. 그의 주먹이 하얗게 빛났다.

"우어어."

로혼에게 일격을 당한 그림자가 끔찍한 비명을
지르며 산산조각 났다. 그러나 분열되어 흩어졌던 그림
자들은 이내 다시 뭉쳐졌다. 그사이 로혼이 박하연을 안
아 들고 서둘러 정오에게 돌아왔다. 로혼은 슬픔 복원실
로 박하연을 옮기자마자 뒤따르던 정오에게 외쳤다.

"문 닫아요!"

순식간에 본래 모습을 회복한 그림자가 다가오
고 있었다. 정오는 아슬아슬하게 문을 닫았다. 그러나
그림자의 머리가 닫힌 문을 뚫고 들어왔다. 뒷걸음치는
정오의 귀에 로혼의 외침이 들렸다.

"오른쪽 스위치!"

정오는 영문도 모른 채 문 옆의 스위치를 눌렀다. 그러자 딸깍하는 소리와 함께 일순간 사위가 깜깜해졌다. 대신 복원실의 바닥과 벽에서 희미한 불빛이 보였다. 밝을 때는 보이지 않던 야광 페인트 자국이었다.

정오는 야광 페인트의 희미한 불빛에 의지해 겨우 로혼의 위치를 파악했다. 로혼 발치에 박하연이 누워 있었다. 정오는 서둘러 박하연을 향해 다가갔다.

"박하연, 정신 좀 차려봐."

정오의 부름에도 박하연은 여전히 의식이 없었다. 로혼이 박하연의 경동맥에 손을 대보았다.

"괜찮아요. 잠시 의식을 잃었을 뿐이에요."

"이, 이게 다 무슨 상황이죠? 조금 전 그건 뭐고요?"

"영귀입니다."

"영귀요?"

"하백의 수족이죠. 벌써 영귀까지 보낼 줄이야."

"하백이 왜……."

"아마도 정오 씨를 노린 거겠죠. 정오 씨와 그림자 거래가 틀어졌으니 이렇게라도 뺏어 가려는 겁니다. 영귀까지 보낸 걸 보면 일이 급박하게 돌아가는 모양입니다.”

정오로서는 여전히 믿기 힘든 말이었지만 이제는 상황이 달라졌다. 로혼의 이야기가 거짓이 아니란 사실이 조금 전 증명된 셈이었다.

‘설마 이 사람 말이 다 사실이라고?’

다급한 상황에서는 빠른 판단이 필요했다. 빠르게 지금 상황을 정리하자면 이랬다.

이 세상에 뭔가 불길한 일이 벌어지고 있다. 지금 그 위협이 엎어지면 코 닿을 거리에 도사리고 있다. 아니, 어쩌면 이미 이 안에 있는지도 모른다. 나는 위기에 직면했고 이 위기에서 벗어나려면 이 사람의 도움이 필요하다.

“이제 어떻게 해야 하나요?”

“영귀는 그림자가 존재할 수 있는 여건이 될 때만 움직일 수 있습니다. 다시 말해 빛이 있는 곳에서만 움직일 수 있다는 말이죠.”

“그럼 이 불빛도 위험한 거 아니에요?”

정오는 서둘러 손바닥으로 바닥을 가렸다. 그러나 두 개뿐인 손바닥으로 가리기에는 야광 페인트 자국이 너무 많았다.

“괜찮아요. 이 정도 야광 불빛으로는 그림자를

만들지 못하니까."

그나마 다행이었다. 그러나 이 정도로는 정오의 수심을 걷어낼 수 없었다. 당장은 괜찮다지만 하백이 자신을 노리고 있는 한 언제 어디서든 영귀의 습격을 받을 수 있다는 의미가 아닌가. 이 나라는 한밤중에도 불야성인 곳 천지니 스물네 시간 위협에 노출된 셈이었다.

"방에 창문이 없는 건 이런 이유였나요?"

"네."

그때 정오의 머릿속으로 불길한 생각 하나가 추가로 스쳤다.

"잠깐만요. 영귀가 노리는 게 하백에게 그림자를 팔지 않은 사람들이라고 했죠?"

"정황상 그럴 가능성이 큽니다. 목표치의 그림자를 거의 모은 거겠죠."

"한 가지 이해되지 않는 부분이 있어요. 하백이 그림자를 강제로 뺏을 수도 있었다면 왜 처음부터 그렇게 하지 않았던 거죠?"

"영기의 한계 때문입니다. 아무리 하백이라도 무한정 영기를 쓸 수는 없으니까요."

"영기요?"

"이런 거요."

로혼의 주먹에 다시 흰 불꽃이 일었다.

"그럼 하백에게 강제로 그림자를 뺏기면 뺏긴 사람은 어떻게 되죠?"

"아마 기억을 전부 잃게 될 겁니다."

로혼의 대답은 불길한 예감을 현실로 바꿔놓았다. 로혼이 말한 재앙의 때가 곧 임박했다는 의미였다. 그러나 정오가 느낀 위기감은 지극히 개인적인 차원이었다. 정오가 아는, 그것도 아주 가까운 사람 중 하백과 만났지만 그림자를 팔지 않은 사람이 떠올랐다.

"어, 엄마가 위험해요!"

그림자 거래의 진실

된장찌개가 보글보글 끓고 있었다. 벽에 걸린 시계의 시곗바늘은 다섯시 삼십분을 향하고 있었다. 최진희는 슬슬 정오가 귀가할 시간이라는 생각에 마음이 바빠졌다. 된장찌개에 이어 달걀찜을 할 생각으로 뚝배기에 달걀 네 개를 풀었다. 최진희는 정오의 달걀찜 취향을 떠올렸다. 정오는 파가 들어간 건 싫어했고 치즈와 약간의 청양고추가 들어간 것을 좋아했다.

최진희는 청양고추를 썰어 뚝배기에 넣고 거품기로 젓기 시작했다. 흰자위와 노른자위가 섞이는 모습을 보다 보니 문득 지난 시간이 떠올랐다. 정오가 입원해 있던 시간. 하늘이 무너져 내린 듯한 시간이었다. 당시 최진희는 그저 숨만 쉬고 있을 뿐 살아 있다는 느낌을 받지 못했다. 그러다 의사에게서 마음의 준비를 하라는 말을 들었을 때 하늘이 두 번 무너질 수도 있음을 처음 알았다. 그러나 최진희는 하나뿐인 딸을 결코 포기할 수 없었다.

최진희는 정오가 초등학교에 입학하던 해 남편과 이혼하고 홀로 정오를 키웠다. 아빠의 부재를 엄마 혼자 채우는 데는 물리적으로도 정서적으로도 한계가 따랐다. 정오를 위해서라면 쇼윈도 부부로 지낼지언정 이혼만은 참아야 하지 않았을까 하는 때늦은 후회가 들었지만 돌이킬 수 없었다.

정오는 겉보기에는 아무 문제 없이 잘 자랐다. 그 흔한 사춘기도 없었다. 그러나 최진희는 정오를 볼 때마다 내심 한 가지가 걸렸다. 정오는 유독 웃음이 없었다. 자신에게 지나치게 엄격했다. 친구를 사귈 때조차 계산하는 눈치였다. 도움이 될 사람인지 아닌지.

최진희는 그런 딸을 볼 때마다 늘 조마조마했다. 삶이 계산대로만 되지 않는다는 사실을 깨달을 때 겪을 좌절과 혼란이 어떤 형태로 나타날지 몰라 불안했다. 그리고 그 순간은 전혀 예상치 못한 순간에 예상치 못한 형태로 다가왔고 정오는 걷잡을 수 없이 무너졌다.

한숨을 내쉰 최진희는 타는 냄새를 맡고는 화들짝 정신을 차렸다. 된장찌개가 짜글이가 되는 중이었다. 최진희는 거품기를 내려놓고 서둘러 뚝배기에 물을 더 부었다. 다 지난 일이었다. 회한에 잠기는 일 따윈 그만두고 현재에 집중하기로 했다.

　　상차림을 마친 최진희는 정오가 어디쯤 왔는지 확인할 겸 핸드폰을 찾았다. 그때 인터폰이 울렸다.

　　"정오니? 마침 딱 맞게 왔네."

　　최진희는 인터폰을 누른 게 정오일 거라 믿어 의심치 않고 곧장 현관으로 다가갔다. 그러나 문을 열자 정오가 아니라 정오 또래로 보이는 청년이 서 있었다.

　　"안녕하세요, 정오 어머니 되시죠?"

　　"네, 누구실까요?"

　　최진희는 남학생의 눈 밑에 붙여진 반창고를 보며 어딘가 낯이 익다고 생각했다.

　　머리색을 검게 바꾼 하백이 과일 바구니를 들어 보이며 말했다.

　　"정오 친구 하백이라고 해요. 정오 퇴원했다는 소식 듣고 왔는데."

　　정오는 다급히 엄마에게 전화를 걸었다.

"제발 좀 받아……."

로혼이 초조해하는 정오의 어깨에 가볍게 손을 얹었다. 마침내 최진희와 통화가 연결됐다.

"엄마?"

"어, 정오야."

"왜 이렇게 전화를 안 받아!"

"저녁 차리느라 그랬지. 혹시 밥 먹고 들어오니?"

정오는 놀란 가슴을 진정시키기 위해 심호흡을 했다.

"혹시 집에 누구 안 왔어?"

"안 왔는데? 누가 오기로 했니?"

혹시 정오의 기억이 돌아올까 걱정되어 최진희는 친구가 방문한 사실을 숨겼다. 엄마의 거짓말을 알리 없는 정오는 안도의 한숨을 내쉬었다.

"아니, 오긴 누가 오겠어. 그러니까 아무한테나 함부로 문 열어주지 마, 알았지?"

"얘도 참, 당연하지. 아직도 월미도야? 너무 늦지말고 와."

"이제 가려고. 참 그리고……."

정오는 뭔가 할 말이 더 있는 듯 망설였다.

"무슨 말을 하려고 이렇게 뜸을 들이실까? 엄마

무섭게."

"아냐, 이따 봐."

통화를 마친 정오는 긴 한숨을 내쉬었다.

"이제 어떻게 하죠?"

정오가 로혼에게 물었다.

"일단 여기서 벗어나야죠."

"미쳤어요?"

정오가 여전히 영귀가 바로 앞에 있을지 모를 방문을 돌아보며 따지듯 말하자 로혼이 반대쪽으로 고개를 돌렸다.

"다른 문이 있습니다."

로혼이 바라보는 방향을 따라 바닥에 야광 페인트 자국이 있었다. 점점이 찍힌 야광 페인트를 따라 시선을 옮기던 정오는 비로소 로혼이 말한 다른 문이 계단 끝에 있던 문임을 눈치챘다. 아마도 옥상과 연결돼 있을 문. 로혼이 박하연을 번쩍 안아 들고 앞장섰다.

"자, 이동하죠."

계단 끝에 올라 문을 열자 눈부신 햇살이 눈을 찔렀다. 정오는 영귀가 빛을 감지하고 추격해 올까 봐 서둘러 문을 닫았다.

"여, 여긴 어디죠?"

옥상의 광경은 정오가 생각한 것과는 달라도 한참 달랐다. 어떤 옥상이 이토록 광활할까. 마치 다른 세계에 들어온 것 같은 기분이 들었다.

로혼은 박하연을 두 그루의 버드나무 사이에 걸린 해먹에 눕혔다. 그러자 악몽이라도 꾸는 듯하던 박하연의 얼굴이 편안해졌다.

"따라와요. 진짜 슬픔 복원실을 보여드릴게요."

로혼이 산책하듯 가벼운 걸음으로 앞서 나갔다. 정오는 잠시 박하연의 얼굴을 바라보다 로혼을 따라 걸었다. 얼마쯤 걷고 나니 코엑스의 별마당 도서관 책장처럼 높은 곡선의 진열장이 끝없이 늘어서 있는 게 보였다. 칸 구분이 되어 있지 않아서 연속해서 세워진 거대한 벽처럼 보였다. 자세히 보니 일정한 간격을 두고 열쇠고리 같은 작은 물건들이 빼곡하게 걸려 있었다. 그 때문에 멀리 있는 진열장의 경우 점묘법으로 된 거대한 추상화 같기도 했다.

정오는 엄마와 이탈리아 여행 당시 피렌체의 두오모 성당을 보았을 때와 비슷한 기분을 느꼈다. 벽돌도 조각도 얼핏 보면 모두 똑같았지만, 자세히 보면 제각각이었다. 마치 사람들처럼 말이다. 각기 다른 사물들의 집합이 만들어낸 경이로운 질서에 어쩐지 눈물이 날 것 같은 게 그때와 비슷했다.

"저건 그림자 토템입니다."

로혼이 그림자 토템이라고 설명한 열쇠고리들은 모두 형상이 달랐다. 꽃, 돌고래, 별, 연필, 지우개, 자동차, 컴퓨터 등 다양한 형상을 축소하고 단순화한 형태였다. 그래서 언뜻 달섬 홀에서 본 열쇠고리들과 별반 차이가 없어 보였다.

한 가지 두드러진 차이라면 색깔이 없다는 점이었으나 정확히는 표현할 길이 없었다. 현실에서 본 적 없는 색이라고나 할까.

"큰일입니다. 하루 사이에 확연히 줄었어요."

로혼이 무슨 말을 하는지 몰라 정오는 로혼의 시선이 닿는 곳을 바라보았다. 로혼의 말과 달리 그림자 토템이 비어 있는 공간은 없었다. 대체 뭐가 줄었다는 걸까.

로혼은 이렇다 할 설명 없이 다음 벽으로 이동하더니 손가락으로 벽 상단부의 어딘가를 가리켰다. 정오는 수많은 그림자 토템 중 로혼이 가리킨 그림자 토템을 단숨에 찾아냈다. 무수한 흑백 토템 틈에서 단 두 개의 토템만이 빛을 발하고 있었다.

"왜 저 두 개의 그림자 토템만 빛이 나죠?"

"빛나는 그림자 토템이라면 저것 말고도 몇 개 더 있긴 합니다만 하루 사이에 너무 많이 소멸했어요."

로혼이 말을 마치자마자 빛나던 두 개의 토템 중 하나가 빛을 잃었다. 로혼이 씁쓸한 표정으로 말했다.

"또 누군가가 그림자를 뺏겼네요."

비로소 정오는 그림자 토템이 의미하는 게 무엇인지 알 것 같았다.

"몰랐어요. 그림자가 남은 사람이 이렇게 적을 줄은."

"다 제 탓이에요. 하백을 제때 막지 못했으니까요."

로혼의 허리춤에서 두 주먹이 떨렸다. 그는 정오의 시선을 피하며 영사와 만났을 때 나눈 이야기를 들려주었다.

두 달 전, 장례식장 근처로 로혼을 찾아온 영사는 여전히 행동에 나서지 않는 로혼에게 따지듯 물었다.

"아직도 판단이 서지 않은 거냐?"

정말 하백이란 자가 악귀란 말인가. 로혼은 확신이 서지 않았다. 하백은 사람들의 슬픔을 지워주고 있었다. 그건 악귀가 아니라 천사나 할 행동이 아닌가.

"순진해빠진 놈 같으니라고."

로혼의 생각을 들은 영사는 한숨을 내쉬었다.

"아까 그 사람 못 보셨어요? 조금 전까지만 해도 그렇게 괴로워하던 사람이 하백을 만난 뒤로는 활짝 웃고 있잖아요."

며칠 전까지만 해도 모친을 여의고 실의에 빠져 있던 중년 남자를 두고 하는 말이었다. 로혼은 기억을 잃었지만 감정은 느낄 수 있었다. 그래서 조금 전에 본 남자가 느낀 슬픔도 충분히 짐작할 수 있었다. 그가 본 하백은 한 사람을 슬픔의 수렁에서 건져냈을 뿐이다.

"진정 슬픔이 사라지면 행복해진다고 믿는 거냐?"

"아닌가요?"

"여전히 빛과 어둠의 관계를 이해하지 못하는구나. 이 세상에 영원한 건 없다. 영원한 게 있다면 그건 지옥뿐이야. 감정도 마찬가지다. 영원한 행복은 없다. 그런 게 있다고 설파하는 자가 있다면 필시 사이비겠지."

"하지만 괴로움에서 벗어나려는 건 인간의 본능 아닌가요?"

"문제는 과정이 생략돼 있다는 거야. 사람들이 마약과 도박에 빠지는 것도 다 그런 과정을 생략하려는 행위잖냐. 네 눈에는 그게 행복한 모습으로 보이냐?"

"그건 아니지만 그래도 조금 전 비유는 비약이 너무 심한 거 아니에요?"

"허허."

영사는 머리를 절레절레 흔들었다. 역시 사회생활 경험이 없는 어벙한 놈에게 임무를 맡기는 게 아니었다. 시키는 대로나 하지 무슨 질문이 이리도 많을까.

언제까지 이 순진한 환생인과 소모적인 논쟁만 벌일 수는 없었다. 지금으로서는 악귀의 최종 목적을 알 길이 없었다. 그저 사람들의 슬픔을 지워주는 게 그 목적이라면 다행이지만 어떤 악귀가 그러겠는가. 감언이설로 유혹한 뒤 영혼을 파괴하는 게 악귀의 본성이었다.

하백 역시 사람들의 그림자를 이용해 모종의 음모를 계획하고 있는 게 분명했다. 어쨌든 하백의 힘이 강해지고 있다는 건 틀림없는 사실이었고 이렇게 가다가는 무슨 일이 터져도 이상하지 않았다.

"좋아, 그럼 이렇게 하자."

영사는 답답한 로혼을 설득하는 대신 스스로 판단할 기회를 주기로 했다.

"그림자를 팔고 후회하는 사람들이 있는지 네가 직접 확인해보는 거야. 팔지 않은 사람들의 생각도 들어보고."

"그건 꽤 좋은 생각 같네요."

영사는 상사가 하나 더 생긴 기분에 울컥했다. 하지만 지금은 분통을 터뜨릴 때가 아니었다. 그는 못내 긴 한숨을 내쉰 뒤 로혼에게 할 일을 설명했다.

로혼은 그렇게 달섬을 운영하게 됐다. 소품 상점은 껍데기일 뿐이고 실제 목적은 슬픔 복원실을 운영하는 것이었다. 소문이 퍼지면서 슬픔 복원실을 찾는 사람이 하나둘 늘어갔다. 놀랍게도 그들은 지워진 슬픔을 되찾고 싶다고 했다. 슬픈 감정도 소중하다는 사실을 뒤늦게 깨달았다는 이유였다.

그러나 로혼은 슬픈 감정을 되찾고 싶어 하는 사람들이 있다는 사실을 알고도 결정을 내리지 못했다. 그들은 소수였고 대다수 사람은 여전히 슬픈 감정을 원하지 않았으니까. 의견이 분분하다면 다수결을 따르는 게 민주주의 아닌가.

로혼은 하백이 그들을 만나 무슨 말을 했는지, 그림자를 팔고 나서 어떤 변화가 있었는지 세세하게 조사하기 시작했다. 그러다 마침내 하백이 그림자를 사 가는 조건으로 지워주는 게 슬픔만이 아니란 사실을 알게 됐다. 하백을 만난 사람들은 슬펐던 기억 자체를 떠올리지 못했다.

로혼의 보고를 들은 영사가 말했다.

"설마 카이로스를 노리는 건가."

"카이로스요?"

"어쩌면 하백의 최종 목적은 슬픔이 사라진 세상이 아니라 그 정반대일지도 모른다."

"반대라면……."

"사람이 느끼는 감정 중에 슬픔만 남기려는 거지."

"말도 안 돼요. 그런 일이 가능할 리 없잖아요."

"넌 그림자와 슬픔도 사라지는 판국에 잘도 그런 소릴 하는구나."

비로소 사태의 심각성을 느낀 로혼은 등골이 오싹해졌다. 영사가 얼빠진 로혼의 이마를 때리며 말을 이었다.

"멍이나 때릴 때가 아니다. 서둘러 대책을 세워야 해."

"대책이 있긴 한가요?"

"넌 일단 그림자가 남아 있는 사람들을 찾아내. 사람들이 더는 하백에게 그림자를 팔지 못하게 막아야지."

그 뒤로 로혼은 그림자가 남아 있는 사람들을 찾아다녔다. 하지만 이미 그런 사람은 손에 꼽을 정도로 드문 상황이었고 그나마 그림자가 있는 사람을 찾아내도 번번이 하백보다 한발 늦었다.

　　　로혼이 들려준 믿기 힘든 이야기에 정오는 벌어진 입을 다물 수 없었다. 사람들이 영원히 슬픔만 느끼게 할 계획이라니. 사람마다 차이는 있겠지만 가장 많이 슬펐던 순간을 꼽으라고 한다면 누구나 두 번 다시 겪고 싶지 않을 고통스러웠던 순간을 떠올릴 거다. 애착 인형을 잃어버리는 것처럼 소소한 순간부터 소중한 이의 죽음에 이르기까지. 아주 작은 슬픔조차도 그 순간에는 고통스럽기 마련인데, 하물며 살면서 가장 슬펐던 순간의 감정이 고착된다면 그 자체로 재앙이었다. 평생 그 슬픔에 갇혀 살다가 극단적인 선택을 하는 사람도 생길 수 있었다.

　　　"사실 처음에는 하백을 만만하게 보았습니다. 악귀라고는 해도 겉보기에는 평범한 사람 같았으니까요. 하지만 제가 우유부단한 탓에 하백이 확보한 그림자가 늘어나 점점 강해졌죠. 그의 위험성을 알아챈 시점에는 이미 감당하기 힘들 정도로 강해진 상태였고요."

　　　"그래서요?"

　　　"네?"

　　　"언제까지 신세 한탄이나 하고 있을 거예요?"

"아, 아뇨. 그런 건 아니지만⋯⋯."

정오는 덩치에 맞지 않게 주눅 든 로혼이 조금 측은했다. 하지만 지금은 위로할 때가 아니었다. 정강이를 걷어차서라도 일깨워줄 때였다. 한심한 너 때문에 내가 월급 한번 못 타보고 한강에나 기웃거릴 수는 없다고.

"후회는 세상이 진짜 망하면 그때 가서 해요. 그래서 그 하백이란 악귀 놈 막을 방법이 없는 건 아니죠?"

"이, 있어요. 하지만 남은 시간이 많지 않죠."

로혼은 여전히 자신 없는 얼굴이었다. 그런 로혼을 보며 정오는 한숨을 푹 내쉬었다. 이런 인간이 인류의 구원투수로 등판한 자라니. 이렇게 된 이상 코치가 역량을 발휘하는 수밖에 없었다.

"시간이 많지 않다면 선택과 집중을 해야죠. 후회할 시간도 아까우니까."

정오의 이글거리는 눈빛에 로혼이 몸서리를 쳤다. 그는 정오의 시선이 부담스러운지 슬쩍 눈을 피했다. 정오가 보기에 지금 가장 큰 문제는 자신감을 찾아보기 힘든 로혼이었다.

"그럼 이제 하백을 막을 방법을 말해봐요."

로혼은 대답 대신 그림자 토템을 올려다보기만

했다. 정오가 다시 물었다.

"제 말 못 들었어요?"

"들었어요. 그 대답은 정오 씨가 직접 보는 편이 낫겠네요."

말을 마친 로혼은 어디론가 향했다. 로혼을 따라 구불구불하고 긴 통로를 지나 진열장이 말발굽처럼 휘어진 안쪽에 이르자 생뚱맞은 풍경이 나타났다.

정오의 눈앞에 나타난 건 화덕이었다. 화덕 뒤쪽 벽에 걸린 유화로 된 초상화 한 점이 유럽풍 분위기를 더하고 있었다. 하지만 피자나 빵이 구워지는 고소한 냄새는 나지 않았다.

로혼이 화덕을 등지고 정오를 돌아보며 말했다.

"남은 그림자를 지키는 것만으로는 부족합니다. 이미 늦었기도 하고요."

"그럼 어떻게 해야 하죠?"

"하백이 손에 넣은 그림자들을 되찾아야 해요."

"방법은? 혹시 이 화덕이 상관있나요?"

정오의 질문에 로혼이 차갑게 식어 있는 화덕을 돌아봤다.

"이건 화덕이 아니라 용광로예요. 이걸로 그림자 열쇠를 제작하죠."

"그림자 열쇠요?"

"네, 말했다시피 이 세상에는 카이로스라는 게 숨겨져 있습니다. 사람의 기억과 감정을 관장하는 일종의 거대한 시계죠. 카이로스는 절대적인 시간이 아니라 사람들 각자에게 상대적으로 적용되는 감정의 시간을 만들어냅니다. 그런데 하백이 그걸 그림자 자물쇠로 조작하려는 거예요."

"잠깐만요. 그 말은 사람들의 그림자가 그 자물쇠를 만드는 재료라는 건가요?"

"맞습니다. 그렇게 만든 그림자 자물쇠로 사람들의 시간을 특정 시간대에 영원히 멎게 하려는 거죠."

정오로서는 여전히 하백을 저지할 방법은 듣지 못한 상태였지만 그보다 먼저 들어야 할 게 생겼다. 그리고 정오는 이미 그 대답을 알 것 같았다.

"그 특정 시간대라는 건 슬픔의 순간이고요?"

로혼이 고개를 끄덕였다.

"사람들이 가장 슬펐던 순간이죠."

정오는 영원한 슬픔보다 더 끔찍한 건 따로 있다고 생각했다. 슬픔이 큰 나머지 다른 감정은 영원히 느낄 수 없게 될지도 모른다는 사실이었다. 그렇게 된다면 사람들은 살아갈 이유를 찾지 못하게 되지 않을까. 슬픔이라는 감정 하나만으로 평생 살아갈 수 있는 사람은 없을 것이다.

"무슨 수를 써서라도 막아야 해요. 이 용광로로 그림자 열쇠를 만들 수 있다고 했죠? 그걸로 그림자 자물쇠를 풀 수 있는 건가요?"

"네, 그게 유일한 방법이에요."

정오가 독촉하듯 말했다.

"뭐 해요, 그럼 당장 만들지 않고."

그러나 로혼은 무기력한 표정으로 식어 있는 용광로를 바라보기만 했다.

"안 만드는 게 아니라 못 만드는 겁니다."

로혼은 시선을 다시 정오에게로 돌리고는 말을 이었다.

"최소한 지금까진 그랬죠. 정오 씨를 만나기 전까지는요."

정오는 로혼의 말을 해석해보았다. 그 말은 나를 만나서 그림자 열쇠를 만들 수 있게 됐다는 뜻인가.

"로혼 씨, 답답하단 소리 많이 들었죠? 좀 알아듣게 말해봐요."

로혼은 정곡을 찔렸는지 뒷머리를 긁적이며 작업 선반으로 다가가더니 선반 위에 있던 거푸집 하나를 집어 들었다. 손바닥 두 개를 포갠 크기의 거푸집을 벌리자 열쇠 모양의 홈이 보였다. 로혼이 그 홈을 긴 손가락으로 매만지며 말했다.

"그림자 열쇠를 만들기 위해서는 두 가지 재료가 필요합니다. 하나는 앞서 본 빛나는 그림자 토템이에요. 그래서 아직 그림자가 남은 사람이 필요한 겁니다."

"다른 하나는요?"

"빛나는 그림자 토템을 녹이기 위한 별의 불꽃이 필요하죠."

"별의 불꽃이요?"

"네, 오직 별의 지문을 가진 사람만이 피울 수 있는 불꽃이요."

정오는 지문이라는 말에 로혼이 밀실에서 했던 말이 퍼뜩 떠올랐다. 로혼은 밀실을 나서려던 정오더러 손가락을 확인해보라고 말했다. 정오의 마음이 설마와 아니겠지 사이를 분주하게 오갔다. 정오는 떨리는 심정으로 손을 가슴팍까지 들어 올렸다. 정오의 다섯 손가락 끝에 작은 별 모양의 문신이 새겨져 있었다. 반대편 손도 마찬가지였다.

"이, 이게 뭐죠? 언제 이런 게……."

"그게 바로 별의 지문입니다."

"이게 별의 지문이라고요? 이게 언제, 아니 왜 저한테 생긴 거죠? 오늘 아침만 해도 없었는데…….."

정오의 목소리가 떨렸다. 시선은 믿을 수 없다는 듯 여전히 손에 고정되어 있었다.

"실은 상점에 있을 때 정오 씨 손에 새겨진 별의 지문을 봤습니다. 그게 언제 생겼는지는 중요하지 않아요. 지금 중요한 건 정오 씨가 별의 불꽃을 피울 수 있는 유일한 사람이라는 사실입니다."

이제 정오와 로혼의 표정이 뒤바뀌었다. 기대감을 내비치는 로혼과 달리 정오는 급격히 표정이 어두워졌다. 감당할 수 없는 사건의 중심에 들어선 게 아닐까. 본래 계획대로라면 인류의 구원투수인 로혼을 독려해 재앙을 막게 하려고 했다. 직접 뛰어들 생각은 조금도 없었다.

"별의 지문이란 게 있는 사람, 저 말고도 더 있는 거죠?"

정오는 아직 빠져나갈 구멍이 있을 거라는 기대를 버리지 않았다. 설마하니 이 수많은 사람 가운데 별의 지문이란 게 있는 사람이 자신뿐이겠는가. 신이 정녕 인간을 저버리지 않고서야 사실상 백수인 삼 년 차 고시생에 기억상실증까지 앓고 있는 환자에게 이런 중대한 임무를 맡길 리 없었다.

기대와 달리 로혼의 고개는 좌우로 오갔다.

"아뇨, 제가 아는 한 정오 씨뿐이에요."

"아."

정오는 자기도 모르게 탄식을 내뱉었다. 일단 하백의 음모에 맞설 구체적인 계획을 마저 듣기로 했다. 듣다 보면 빠져나갈 적당한 구실을 찾을 수 있을지도 몰랐다.

"그래서 그 별의 불꽃이란 건 어떻게 하면 피울 수 있죠?"

로혼이 기다렸다는 듯 입을 열었다.

"빛나는 그림자 토템의 주인을 만나야 합니다."

"아직 그림자가 남아 있는 사람들요?"

"네, 그들의 이야기가 별의 불꽃을 피울 수 있는 유일한 땔감이니까요."

그때 어디선가 출입문을 열 때 들리는 맑은 종소리가 울렸다. 동시에 로혼의 얼굴에 당혹감이 번졌다. 정오는 또다시 무슨 일이 터졌음을 직감했다.

"이번엔 또 뭔데요?"

"달섬에 그림자를 가진 손님이 찾아왔습니다. 오늘 만나기로 약속한 손님이 있는 걸 잊고 있었네요."

로혼이 난처하다는 표정을 지었고 정오는 그런 로혼을 꾸짖듯 째려봤다.

"하, 상점 안에 아직 영귀가 있을지도 모르잖아요?"

"제 말이요. 손님이 영귀에게 당하기 전에 서둘러야겠습니다."

슬픔 버튼

물 빠진 청바지에 구겨진 반소매 티셔츠를 입은 사내가 월미도를 서성거렸다. 서른세 살의 전태진은 어느 골목 앞에 이르러 방향을 잃은 사람처럼 걸음을 멈추고 주위를 두리번거렸다. 그러다 그의 시선이 멈춘 곳은 한길과 연결된 골목이었다. '소품 상점 달섬'이라는 상호와 초승달 무늬가 새겨진 직사각형 간판은 전태진의 손에 들린 명함을 확대해놓은 것 같았다. 그는 목적지를 찾아내고도 명함만 만지작거릴 뿐 좀처럼 골목으로 들어서지 못했다.

전태진이 달섬 사장을 만난 건 일주일 전이었다. 그날은 그가 한 달여 만에 외출한 날이었다. 새로 일하기로 한 카페의 면접을 보기 위해서였다. 면접에 합격한들 얼마나 일할 수 있을지는 몰랐지만 말이다.

　　과거에 사로잡혀 산다는 게 얼마나 어리석은 짓인지는 그도 잘 알고 있었다. 그건 현재와 미래를 포기하는 일이었다. 그러나 그는 매번 그 어리석은 일을 택해 골방에 틀어박혔다. 그의 기억은 조금만 방심해도 늘린 고무줄을 놓은 것처럼 순식간에 오래전 그날로 돌아갔다. 그러면 현재의 삶은 무의미해졌다. 먹는 것, 입는 것, 사람을 만나는 것, 씻는 것, 아침에 눈을 뜨는 것조차 불필요한 행위가 되고 말았다.

　　놀라운 건 그런 그에게도 삶을 이어가려는 의지가 끈질기게 남아 있다는 사실이었다. 그리고 그 가늘지만 끊어지지 않는 의지는 그녀의 유산일지도 몰랐다.

　　살아줘.

　　도움을 갈구하던 '살려줘'라는 말이 '살아줘'라는 유언으로 바뀌기까지 걸린 시간은 불과 몇 시간이었다. 그는 먼저 들었던 '살려줘'라는 애원을 들어주지 못했다. 그러니 남은 '살아줘'라는 말이라도 지켜야 했다. 그래서 그는 삶에 대한 의지보다 죽음이 쉬워 보이는 순간

순간을 버텨내며 삶을 놓지 않고 있었다.

　　카페로 가는 길, 다행히 원룸을 나설 때만 해도 하늘은 맑았다. 그러나 갑자기 먹구름이 끼더니 당장이라도 한바탕 퍼부을 듯 주위가 어둑해졌다. 전태진은 불안함을 감춘 채 서둘러 카페로 이동하려고 했지만 걸음은 무거웠다. 마치 지상으로 내려온 먹구름이 강력한 점성으로 그를 에워싸고 붙드는 것 같았다.

　　눈앞의 사차선 도로를 건너 두 블록만 더 가면 목적지에 도착할 수 있었다. 전태진은 서둘러 이동하려 했지만 다리가 덜덜거렸다. 그는 당장이라도 꺾일 것 같은 다리에 힘을 주며 힘겹게 횡단보도를 건너기 시작했다. 간신히 횡단보도의 절반을 건넜을 때, 비가 내렸다.

　　투둑투둑.

　　한두 방울씩 내리며 아스팔트를 점점 검게 물들이던 빗방울은 금세 소나기로 바뀌었다. 거리의 행인들이 우산을 꺼내 들거나 분주하게 비를 피하러 건물 안으로 사라졌다. 전태진은 두 부류 중 어느 쪽도 아니었다.

　　그는 소나기에 젖어가면서도 마치 감전이라도 된 듯 제자리에 우뚝 서 있었다. 근처 건물로 몸을 피하거나 가까운 편의점으로 달려가 우산을 사는 방법이 있었지만 그는 내리는 비를 온몸으로 맞을 뿐이었다. 그때 멀리서 불빛이 발광하더니 삼 초 뒤 천둥소리가 울렸다.

전태진은 양손으로 머리를 부여잡고 고통스러운 듯 몸을 뒤틀었다. 순식간에 끔찍한 악몽이 그를 지배했다. 그사이 신호가 바뀌었고 대기하던 차들이 앞다투어 튀어 나갔다. 바쁜 운전자들이 스쳐 가는 행인의 사정 따위를 봐줄 리 없었다. 날카롭게 울려대는 경적이 전태진의 발작을 더욱 몰아붙였다.

그때 한 남자가 달리는 차들 사이를 뚫고 횡단보도를 질주했다. 그는 순식간에 전태진에게 달려오더니 들고 있던 우산을 펼쳐 씌워 주었다.

"괜찮으세요?"

전태진에게는 남자의 말이 들리지 않았다. 그러자 남자는 신호가 바뀌기를 기다렸다가 전태진을 부축해 횡단보도를 마저 건넜다.

남자는 일단 비를 피할 생각이었는지 전태진을 가까운 편의점으로 데려갔다. 편의점에 들어서자 전태진이 덜덜 떨리는 손으로 제 티셔츠의 포켓을 가리켰다. 남자는 그를 대신해 포켓에 있던 휴대용 약상자를 꺼내 손에 쥐여주었다.

진정제를 먹고 조금 시간이 지나자 전태진은 서서히 안정을 되찾았다. 그러는 사이 소나기도 멎었다.

"이제 괜찮습니다. 나 때문에 그쪽도 다 젖었네요."

전태진은 비로소 자신을 도와준 남자가 이십대로 보이는 청년임을 알았다. 전태진은 자신을 걱정스러운 눈으로 바라보는 청년의 눈빛에 민망해져 슬쩍 고개를 돌렸다.

"미안합니다. 내가 답례할 처지가 못 돼요."

"괜찮습니다. 그것보다 한 가지 여쭙고 싶은 게 있어요."

"저한테요? 저한테 뭐가 궁금해서……."

"그림자 상인을 만난 적이 있으시죠?"

예상치 못한 질문에 전태진은 청년을 빤히 쳐다보았다.

"그렇긴 한데 그게 왜 궁금한가요?"

"정확히는 그림자를 파시지 않는 이유가 궁금합니다."

청년의 말에 전태진의 얼굴에 드리운 그늘이 짙어졌다.

"미안하지만 대답하고 싶지 않습니다."

"말하기 힘드신 거 압니다. 그걸 알면서도 여쭌건 선생님 이야기에 사람들을 구할 힘이 있어서예요. 믿기 힘드시겠지만 거짓말이 아닙니다."

전태진이 다시금 청년의 얼굴을 바라보았다. 청년의 눈빛은 맑고 거짓이 없어 보였다.

"혹시 기자예요?"

"아뇨, 언론과는 아무 관련 없어요."

"뭘 하는 사람이길래 제게 그런 걸 묻죠?"

전태진은 내심 청년이 대학생일지도 모르겠다고 생각했다. 사회학이나 심리학 전공자일지도 몰랐다. 교수가 내준 과제를 수행하는 중일 수도 있었다.

"저는 슬픔에 관심이 많습니다. 정확히는 사람들의 슬픔이 사라지고 있는 현상에 관심이 많죠. 결론부터 말하면 저는 지금 벌어지고 있는 일을 우려하고 있습니다. 어쩌면 선생님도 저와 비슷한 생각을 하고 있을 거라 생각하는데, 아닌가요?"

슬픔이 사라지는 현상이라면 그림자 거래를 두고 말하는 것이리라. 전태진은 한 달 전쯤에 그림자 상인을 만난 적 있었다. 어떻게 문을 열고 들어온 건지 그가 사는 원룸에 불쑥 들어온 남자는 자신을 그림자 상인이라고 소개했다. 그러면서 그림자를 팔면 슬픔을 지워주겠다고 했다. 그림자 상인을 만나기 전부터 그에 관한 소문이라면 익히 알고 있었다. 여전히 반신반의했지만

은발의 상인은 진심 같았다.

슬픔을 지워준다니. 정말 그런 일이 가능할까.

의구심을 품으면서도 정말 그림자 상인이 나타
난다면 기꺼이 그림자를 팔겠노라 마음먹은 적도 있었
다. 그러나 막상 그림자 상인을 만나자 결심이 흔들렸
다. 기억 속에 있는 얼굴이 보이고 목소리가 들리는 것
같았다. 그림자 상인의 말대로 슬픔을 지운다면 정말 행
복해질까 하는 의문도 들었다.

'그럴 수도 있겠지. 하지만 나란 인간이 행복해져
도 될까?'

그날 전태진은 고민 끝에 그림자를 팔지 않았다.
하지만 그 이유는 눈앞의 청년이 짐작하는 것과는 달리
지극히 개인적인 이유였다.

전태진이 이전까지와는 달리 단호한 어조로 말
했다.

"무슨 말인지는 알겠는데 내가 그림자를 팔지 않
은 건 그쪽이 생각하는 그런 이유가 아닙니다."

"그렇다면 이번엔 조금 다른 질문을 드려도 될까
요?"

전태진은 피곤함을 느꼈으나 청년의 간곡한 태
도에 결국 고개를 끄덕였다.

"만약 선생님 앞에 선생님이 느끼셨던 슬픔을 다른 사람들도 느낄 수 있게 하는, 이를테면 슬픔 버튼이 있다면 누르실 건가요?"

질문을 던진 청년은 다소 긴장한 얼굴로 전태진의 대답을 기다렸다. 전태진은 순간적으로 물론이라고 답할 뻔했다. 자신을 지옥에 빠뜨린 그날의 일을 다른 세상 일이라 여기던 사람들, 꺼져간 젊은 목숨을 한낱 가십거리로 이용한 작자들, 그런 일을 벌이고도 아무런 처벌조차 받지 않고 떵떵거리며 살아가는 놈들도 똑같이 당하게 하고 싶다는 생각을 수없이 했으니까.

그러나 그의 대답은 그의 마음과 다르게 튀어나왔다.

"아니요, 누르지 않을 거 같아요."

전태진은 그 말을 끝으로 몸을 일으켰다. 편의점 벽시계를 보니 면접까지 남은 시간은 오 분 정도였다. 가까운 거리니 당장 출발하면 늦진 않을 시간이었다. 그러나 이미 면접 생각은 저만치 떠나고 없었다. 그저 서둘러 골방에 돌아가 홀로 처박히고 싶었다.

"이만 가야겠네요. 고마웠어요."

"아쉽지만 어쩔 수 없죠. 나중에라도 선생님의 선택에 대해 이유를 들을 기회가 있으면 좋겠습니다."

그러면서 청년은 핸드폰 케이스에서 명함 하나를 꺼내 전태진에게 건넸다.

전태진은 지금 다시 그 청년을 보러 이곳에 왔다. 명함을 호주머니에 집어넣고 마침내 골목으로 들어서는데 그의 앞으로 학생 한 명이 뭔가에 쫓기듯 달려오고 있었다. 그를 스쳐 가던 학생의 눈빛에는 두려움이 가득 차 있었다.

'무슨 일이지?'

전태진이 달섬에 도착하자 간판의 조명이 꺼졌다. 상점 유리창은 깨져 있었고 깨진 창문으로 드러난 실내는 처참했다. 진열대가 쓰러지고 상품들이 어지럽게 바닥에 흩어져 있었다. 마치 해외 뉴스에서나 보던 폭동이 상점을 휩쓸고 간 모습 같았다.

그때 전태진의 눈에 피를 흘린 채 상점 바닥에 쓰러져 있는 남자가 보였다. 전태진은 망설임 없이 상점으로 들어가 남자의 어깨를 붙잡고 흔들었다.

"이봐요, 정신 좀 차려봐요."

남자는 미동조차 없었다. 불길한 예감에 전태진의 몸이 떨리기 시작했다. 손가락을 남자의 코에 대보고 나서야 겨우 한숨을 돌렸다. 다행히 숨은 붙어 있었다.

전태진은 곧장 핸드폰을 꺼내 119에 전화를 걸

었다. 그런데 어디선가 괴이한 소리가 들렸다.

"그르르릉."

본능적으로 소리가 나는 방향으로 고개를 돌린 전태진은 제 눈을 의심했다. 거대한 검은 형체가 그를 향해 다가오고 있었다. 그는 놀란 나머지 막 통화가 연결된 핸드폰을 손에서 놓치고 말았다.

정오는 로혼을 쫓아 숨 가쁘게 달렸다. 그림자 토템들이 걸려 있는 벽을 지날 때 토템 하나가 불길하게 깜박이는 게 정오의 눈에 들어왔다. 계속해서 달리자 마침내 출입문이 보였다. 그사이 의식을 차린 박하연은 해먹에서 상체를 세우고 어리둥절한 얼굴로 주위를 두리번거리다 물었다.

"저, 정오야. 뭐가 어떻게 된 거야? 여긴 어디고?"

"미안, 다녀와서 설명해줄게."

정오와 로혼은 곧장 박하연을 지나쳐 출입문을 빠져나왔다. 그러자 다시금 깜깜한 밀실이 나왔다. 둘은 야광 페인트 자국을 따라 상점으로 연결된 문을 향해 달렸다.

"계획은 있어요?"

"제가 영귀의 시선을 끄는 동안 정오 씨가 해줘

야 할 일이 있어요."

"그게 뭔데요?"

"카운터에 가면 붉은 버튼이 하나 있을 거예요. 제가 신호를 보내면 그 버튼을 누르세요."

자폭 버튼이라도 만든 걸까. 정오는 로혼이 말한 버튼의 용도를 몰랐지만 추가적인 설명을 들을 여유가 없었다.

문에 도착한 로혼이 호흡을 고르며 정오를 기다렸다.

"열겠습니다."

로혼이 문을 열자 상점의 오렌지빛 조명이 밀실의 어둠을 꿰뚫고 파고들었다. 로혼이 앞장서서 빛 속으로 뛰어들었고 정오도 바짝 그의 뒤를 따랐다.

염려와 달리 영귀는 문 앞에 있지 않았다. 그러나 안심하기는 일렀다. 홀에 도착하자 영귀에게 붙잡히기 직전인 남자가 보였으니까.

"다, 당신은?"

로혼을 알아본 전태진의 눈이 커졌다. 로혼이 영귀에게 달려들며 외쳤다.

"피해요!"

전태진이 쓰러진 남자를 잡아끌며 홀의 구석으

로 이동하려 애썼다. 로혼의 주먹에는 또다시 흰빛이 감돌았다. 로혼이 주먹으로 영귀의 옆구리를 가격하자 영귀가 고통스러운 듯 비명을 질렀지만 쓰러지지는 않았다. 영귀는 곧장 몸을 돌려 로혼을 향해 위협적으로 팔을 휘저었다. 로혼은 자세를 낮춰 피한 뒤 영귀의 품을 파고들어 다시 뒤쪽으로 돌아갔다.

"그 사람은 내버려둬요."

"하, 하지만……."

"괴물이 노리는 건 그림자예요. 그 사람은 그림자가 없어요."

영귀가 재차 로혼을 공격했다. 로혼은 민첩하게 영귀의 공격을 피하며 맞섰지만 점점 숨이 가빠졌다. 반면 영귀는 거듭된 로혼의 공격에 내성이 생겼는지 별다른 타격을 입지 않았다. 결국 영귀의 일격이 로혼에게 적중했다. 로혼은 팔등을 세워 막았지만 충격으로 벽까지 날아갔다.

쓰러졌던 로혼은 울컥 피를 토하며 일어섰다. 다시 영귀와 대치한 그는 마지막 일격을 준비했다. 로혼의 주먹에서 일던 불빛이 지금까지와는 비교할 수 없이 커졌고 그러는 사이 정오는 벽에 붙어 카운터에 접근하고 있었다.

로혼이 영귀에게 돌진하며 정오에게 외쳤다.

"지금이에요!"

그와 동시에 정오가 카운터로 달렸다. 영귀는 로혼의 공격을 막아내기 위해 두 팔을 연거푸 휘둘렀다. 영귀의 팔에 스친 진열장 하나가 유리창을 뚫고 골목으로 날아갔다. 로혼은 날아든 진열장 파편에 어깨가 베였지만 아랑곳하지 않고 영귀의 품으로 파고들었다. 마침내 주먹이 닿을 거리에 이른 로혼은 있는 힘껏 주먹을 날렸다. 로혼의 주먹이 영귀의 명치 부근을 가격하자 영귀가 괴롭다는 듯 비명을 내질렀다.

영귀는 더 이상 견딜 수 없었는지 전처럼 작은 그림자들로 흩어졌다. 그러나 흩어져도 다시 뭉쳤던 전과 달리 조각난 형태 그대로 로혼에게 달려들었다. 로혼은 하이에나 무리처럼 달려드는 그림자들을 피하며 연신 발과 주먹을 내질렀으나 이미 상당한 영기를 사용한 탓에 슬슬 기력이 부쳤다.

'붉은 버튼…… 버튼이 어디 있는 거야?'

로혼이 영귀와 사투를 벌이는 동안 정오는 붉은 버튼을 찾느라 정신이 없었다. 마음이 급해서인지 좀처럼 버튼이 보이지 않았다. 그러다 마침내 카운터 옆의 벽에 달린 붉은 버튼을 찾았다. 잘 보이는 곳에 있었는데도 급한 마음에 시야가 좁아졌던 모양이다.

정오는 손바닥으로 힘껏 버튼을 눌렀다. 위잉 하는 소리가 나면서 상점 내 모든 창문에 암막 커튼이 쳐졌다. 암막 커튼이 창문을 가리면서 실내는 빠르게 어두워졌다. 더 지체했다가는 어둠에 길을 잃고 영귀와 남겨질 상황이었다.

로혼이 정오와 전태진에게 외쳤다.

"정오 씨, 복원실로 돌아가요! 아저씨도요!"

"아저씨, 이쪽이에요. 따라오세요."

정오가 먼저 뛰어가자 전태진도 엉거주춤 일어나 정오를 뒤따랐다. 두 사람이 뒤로 물러나자 로혼도 슬슬 물러나려 했지만 수월하지 않았다. 그림자는 여러 개로 작아진 대신 민첩해졌다. 로혼이 들러붙는 그림자들을 힘겹게 떨치며 뒷걸음쳤지만 계속해서 상처가 누적됐다.

"서둘러요!"

먼저 슬픔 복원실 문 앞에 도착한 정오가 로혼을 향해 외쳤으나 로혼은 그림자들에게 포위된 상태였다. 그림자들이 동시에 로혼을 덮쳤다.

"닫아요, 문을 닫……."

로혼은 순식간에 그림자들로 뒤덮였다. 그사이

암막 커튼이 작동하는 소리가 멎었고 달섬은 동굴처럼 깜깜해졌다. 정오의 눈에 더 이상 로혼이 보이지 않았다. 로혼뿐 아니라 아무것도 보이지 않았다. 죽고 말 거라는 공포가 느껴졌다. 그때 정오의 발에서 뭔가가 느껴졌다. 정오는 제 발을 붙잡은 게 영귀라는 생각에 본능적으로 몸서리를 쳤다.

"문 닫으라니까."

로혼의 목소리였다. 정오는 제 발에 닿은 로혼의 손을 잡고 끌어당겼다.

"아저씨, 도와주세요. 혹시 이 사람 업을 수 있으세요?"

정오의 요청에 전태진이 어둠 속에서 로혼을 업었다. 정오는 로혼이 복원실에 들어오자 문을 닫고 계단을 향해 앞장섰다.

"절 따라오세요."

옥상에 도착한 전태진은 로혼을 조심스레 풀밭에 눕힌 뒤에야 자신도 털썩 주저앉았다. 자신보다 큰 로혼을 업고 오느라 기진맥진했다.

"이, 이게 다 뭡니까? 여긴 뭐고 아까 그 괴물은 또 뭐죠?"

"나중에 다 설명해드릴게요."

정오는 로혼 곁에 무릎을 꿇고 앉았다.

"괜찮아요? 정신 좀 차려봐요."

다행히 로혼은 아직 정신이 있었다. 그는 고통스러운 듯 얼굴을 일그러뜨린 채 신음했다. 멀리서 정오를 발견한 박하연이 세 사람에게 달려왔다.

"정오야, 이게 다 무슨 일이야?"

정오는 뭘 어떻게 설명해야 할지 난감했다. 다행히 로혼은 빠르게 기운을 회복하고 있었다.

"참 말 안 듣네요."

정오의 부축을 받아 허리를 세운 로혼이 고통스러운 가운데도 설핏 미소를 보였다.

"그 덕분에 산 줄 아세요."

"아니라고는 못 하겠네요."

그때 박하연이 두 사람의 대화에 끼어들었다.

"여기 어디야? 저 이상한 벽들은 다 뭐고? 설마 우리 다 죽은 거야?"

박하연의 말에 일행은 멀리 그림자 토템이 걸려 있는 거대한 벽을 바라보았다.

로혼과 정오에게서 상황을 전해 듣는 동안 박하연은 믿을 수 없다는 듯 연신 추임새를 뱉었다. 반면 전태진은 묵묵하게 이야기에 집중했다. 전태진이 입을 연건 모든 상황 공유가 끝났을 때였다.

"정리하자면 그림자 상인이 사람들의 슬픔을 지워주는 건 영원한 슬픔에 빠지게 하려는 음모의 일환이라는 거네요."

"아저씨 보기보다 똑똑하다. 그게 정리가 돼요?"

박하연은 동경의 눈으로 전태진을 보았으나 정오는 전태진보다 박하연이 더 신기했다. 이런 난장판에도 저렇게 태연한 모습이라니. 혹시 이 상황을 즐기는 게 아닐까 하는 의심이 들 정도였다. 반면 마흔은 되어 보이는 전태진은 무슨 생각을 하는지 도통 표정을 읽기 어려웠다.

"잘 들었습니다. 하지만 그쪽의 설명을 전적으로 신뢰하기에는 무리가 있습니다. 하백이란 자가 수상한건 사실이지만 그쪽도 평범한 사람은 아닌 것 같으니까요. 신뢰를 사려면 그쪽 정체부터 밝혀야 하지 않겠습니까?"

박하연이 전태진에 동조했다.

"하긴, 그건 그래요."

정오도 여기에는 딱히 반박할 말이 없었다. 정오 또한 여전히 로혼의 정체를 잘 모르니까.

"실은 저도 계속 궁금했어요. 이젠 알려줄 때도 되지 않았나요?"

정오까지 두 사람에게 동조하자 로혼이 나지막이 한숨을 내쉬었다. 왜일까, 정오는 먼 하늘에 던져진 로혼의 눈빛이 슬퍼 보였다. 로혼에게 어떤 기구한 사연이 있기에 이 무거운 사명을 홀로 짊어지고 있는 걸까.

근처에 있던 벤치로 자리를 옮긴 로혼은 무겁게 입을 열었다.

"전 환생인입니다."

환생인

　　따스한 봄바람에 호수는 지느러미 같은 물비늘을 세웠다. 호수 둔치를 따라 만발한 벚나무 꽃잎이 강물 위로 흩날렸다. 남자는 호수가 내려다보이는 공원 벤치에 앉아 있었다.

　　'나는 누구일까. 이 지독한 슬픔과 외로움의 근원은 무엇일까.'

　　분홍 꽃잎이 남자에게로 떨어졌다. 남자의 정수리에 떨어진 꽃잎은 아무런 저항도 받지 않고 머리와 몸통을 통과해 지면에 닿았다. 공원은 따뜻한 봄날을 맞아 꽃구경하는 사람들로 북적였다. 세상에 행복한 사람만 있는 게 아닐 텐데도 공원에 마실 나온 사람들의 표정은 하나같이 밝았다.

　　남자는 존재하지만 존재하지 않는 형태로 꽤 오랜 시간을 보냈다. 아무도 그를 보지 못했고 그의 말을 듣지 못했다. 그는 누구의 눈치도 보지 않고 어디든 갈 수 있었다. 그러나 거리와 사람들 틈을 배회하다 보면 종착지는 늘 이곳이었다. 어쩌면 이 공원은 그가 생전에 자주 오던 곳이었을지도 몰랐다.

　　한 무리의 행인들이 시시껄렁한 대화를 나누며 지나갔다. 남자는 그들을 보고 그들의 말을 들을 수 있었다. 그렇다 해서 저들과 같은 건 아니었다. 그는 아무것도 할 수 없는 존재였고 그에게는 시간이 흐르지 않았다. 그는 무(無)일 수도 영원일 수도 있는 시간의 감옥에 갇히고 말았다.

　　그저 이따금 일렁이는 멀미 같은 감정만이 자신을 자각하는 수단이었다. 시간에 갇힌 기억 없는 감정은 송진처럼 끈적하게 그를 괴롭혔고 이제 그는 어떻게든 이 끝없는 고통의 출렁임이 끝나기를 바랄 뿐이었다. 그게 비록 완전한 죽음일지라도.

　　남자는 해가 지고 어둠이 깊어지도록 같은 자리에 머물렀다. 머리 위에서 가로등이 빛을 비추고 있었으나 이제 공원을 거니는 행인은 없었다. 그 무렵 그를 알아보는 존재가 나타났다.

"이자인가, 인도할 수 없다는 자가?"

"그렇습니다, 사장 사자."

남자는 두 사람의 대화를 듣고 의아함을 느꼈다.

누구를 두고 하는 말이지.

남자가 고개를 들자 검은 코트에 중절모를 쓴 남자와 검은 정장 차림의 남자가 보였다.

사장 사자라 불린 코트 입은 남자가 곁에 있는 남자에게 물었다.

"꽤 젊네. 어리다고 하는 편이 맞으려나. 근래 이승이 어지러워 이런 자가 한둘이 아닐 텐데 영사가 특별히 이자를 주목한 이유가 뭐야?"

"생전의 기억이 소실된 자기 때문입니다. 아시다시피 이승에 대한 미련이 감당하기 어려울 정도로 크면 기억이 소실되지요."

"미련이라……."

사장 사자가 영사의 말을 곱씹으며 잠시 생각에 잠겼다.

"무엇보다도 저자는 본시 사자 명부에 없던 자입니다."

"흠, 뒤틀린 운명에 속한 자라……."

비로소 남자는 두 사람의 대화가 자신을 두고 나누는 것임을 알아챘다. 그러자 마음이 급해졌다.

"저, 저기요. 혹시 제가 보이세요?"

두 저승사자의 시선이 남자에게로 모였다. 비로소 남자는 두 사람에게 자신이 보인다는 걸 깨달았다. 조금 전 그들의 대화를 곱씹어보았다.

'설마 이 사람들, 저승사잔가?'

"어차피 더 지체할 시간도 없습니다. 그냥 이자로 하시지요."

분명 그의 목소리가 들렸을 텐데도 두 사람은 저희끼리 하던 대화만 이어갔다. 남자는 다시 한번 입을 열었다.

"저, 대화 중에 죄송한데 지금 제 얘기 하시는 거죠?"

잘은 몰라도 두 저승사자가 꽤 심각한 대화를 나누고 있다는 것쯤은 알아챌 수 있었다. 그러나 지금 중요한 건 저들의 대화 내용이 아니었다. 상대가 저승사자든 귀신이든 드디어 대화할 수 있는 존재를 만났다는 사실 자체가 감격스러웠다. 이제 이 끔찍한 외로움에서 벗어날 수 있을 테니까.

"그래, 우리의 대화는 너에 관한 대화다."

"감사합니다. 정말 감사합니다."

"허허, 살다 살다 저승사자한테 감사하다는 인간을 다 보네. 내가 두렵지 않은 거냐?"

남자가 고개를 끄덕이자 사장 사자는 어이없다는 얼굴로 영사를 돌아보았다. 영사는 헛기침하며 슬그머니 사장 사자의 눈을 피했다.

다시 남자에게 시선을 돌린 사장 사자가 물었다.

"네 이름이 뭐냐?"

"제, 제 이름은……."

남자는 사장 사자의 질문에 대답하려는 순간 어지럼증을 느꼈다. 억지로 이름을 떠올리려고 하자 두통이 일었다.

"됐다. 기억이 소실된 건 분명하네."

"누구나 죽으면 기억이 사라지는 거 아닌가요?"

"보통의 경우라면 바로 사라지지 않는다. 생전의 기억이 지워지는 건 황천을 건너고 나서니까."

사장 사자의 말에 남자의 눈이 커졌다. 그는 여태껏 자신의 기억이 사라진 게 그저 죽어서라고, 망자가 되면 다들 기억이 사라지나 보다 하고 생각했다. 그런데 그게 아니었다니 불쑥 억울한 마음이 들었다.

낮에 공원에서 보았던 연인의 모습이 스쳤다. 사

랑하는 사람과 손잡고 걷던 사람들의 풍경. 사랑하는 사람과 함께한 기억을 갖는다는 건 어떤 느낌일까. 한순간이라도 좋으니 황천을 건너기 전에 누군가와 손잡았던 기억 정도는 되찾고 싶었다.

"그럼 전 왜 기억이 없는 거죠? 혹시 죽기 전에…… 아, 이미 죽었지만……. 그러니까 제 말은 저승에 가기 전에 잃어버린 기억을 떠올릴 수는 없을까요?"

이번에는 사장 사자 대신 옆에 있던 영사가 대답했다.

"우리 대화를 다 듣지 않았어? 네 기억이 소실된 건 삶에 대한 미련이 너무 커서다. 미련이 지나치면 저승길에 오르지 못하고 악귀가 되는 법이나 넌 본성이 선하여 악귀가 아닌 기억 소실을 택한 걸 테지. 하지만 그 선택은 네 무의식이 한 것이니 너로서는 미처 알아차리기 힘들었을 거다."

"제가 스스로 기억을 지웠다고요?"

"이승의 인간들이 겪곤 하는 정신적 외상과 비슷한 현상이라 보면 된다."

남자는 영사의 말에 실망했지만 동시에 희망을 품었다.

"잠시만요. 좀 전에 제가 기억을 잃은 게 착해서

라고 하셨죠? 그 말은 전 천국에 간다는 건가요? 아니, 극락이려나. 아무튼 좋은 데로 가는 거죠, 그렇죠?"

곁에서 영사와 남자의 대화를 듣던 사장 사자가 머리가 지끈거린다는 듯 손으로 관자놀이를 짚었다.

"네가 갈 곳은 천국도 극락도 아니다."

"착하게 살면 좋은 데 가는 거 아니에요? 아, 역시 종교가 있어야 하나……."

"나는 널 환생시켜주려고 한다."

"네?"

뜻밖의 말에 남자의 눈이 휘둥그레졌다.

"화, 환생이요? 그게 정말인가요?"

"하지만 영원한 환생은 아니다. 인간의 표현을 빌리자면 계약 환생인 셈이지."

"그럼 계약이 끝나면 어떻게 되는데요?"

"원래대로 망자가 되는 순서를 밟아야겠지."

기대에 차오르던 남자의 표정이 순식간에 풀이 죽었다.

"잠깐 다시 사는 게 무슨 의미가 있어요. 그럴 바에 차라리 그냥 이대로 남을게요."

예상치 못한 반응에 영사가 사장 사자의 눈치를 살피며 헛기침했다.

"어허, 어느 안전이라고."

"이유도 없이 환생시켜줄 리 없잖아요. 아까 두 분이 나눈 대화를 들어보니 절 환생시켜서 뭔가 힘든 일을 시키려는 꿍꿍이 같던데 전 이미 너무 지쳤습니다."

남자는 자신이 무엇에 지쳤는지 몰랐다. 그러나 제 안에서 전혀 활력이 느껴지지 않았다. 현재로서는 그저 편안해졌으면 싶었다.

"꿍꿍이? 이놈이 못 하는 소리가 없네. 사장 사자, 시간이 더 걸리더라도 다른 망자를 찾아보시는 게 좋겠습니다. 가만 보니 대사를 그르칠 놈입니다."

사장 사자가 발끈한 영사의 어깨에 슬쩍 손을 올렸다. 웬일인지 사장 사자는 남자의 당돌한 태도가 오히려 만족스러운 눈치였다.

"아냐, 이자로 하자."

사장 사자가 남자에게 시선을 돌리고 말을 이어갔다.

"보기보단 영민한 구석이 있구나. 마음에 들어. 거절은 내 말을 다 듣고 해도 늦지 않으니 한번 들어볼 테냐?"

남자는 고민했다. 분위기로 보아 환생에 조건이 붙을 것 같았다. 아마 저승사자들조차 직접 해결할 수 없는 어려운 임무일 게 분명했다. 게다가 환생이라고 해봐야 결국 기한이 정해진 계약 환생일 뿐이었다. 이승에서 만나고 싶은 사람이 있는 것도 아닌데 굳이 고생길이 뻔한 환생을, 그것도 완전한 환생도 아닌 계약 환생을 받아들일 이유가 있을까.

하지만 남자는 이런 부정적인 생각에도 결국 고개를 끄덕였다. 밑져야 본전이란 생각이었다.

"들어나 볼게요."

영사는 당돌한 남자를 눈으로 꾸짖는 반면 사장 사자는 슬쩍 미소를 머금었다.

"네 짐작이 맞아. 넌 계약 환생 기간에 한 가지 임무를 수행해야 해. 대신 그 대가로 기억을 회복할 기회가 주어질 수도 있다."

"모호한 계약은 하는 게 아니라고 들었습니다. 기억을 회복시켜주면 시켜주는 거지, 회복할 기회가 주어질 수도 있다니요?"

"미안하지만 이게 내가 할 수 있는 최종 제안이다. 나로서도 망자의 기억을 회복시킬 능력 같은 건 없으니까. 다만 네가 환생인으로 지내다 보면 스스로 기억을 되찾을 기회가 생길 수도 있지."

남자는 속으로 저승사자를 원망했지만 기억이

회복될 수도 있다는 말은 힘이 셌다. 그의 결심은 처음과 반대로 기울고 있었다. 알고 싶었다. 자신이 어떤 사람이었는지 미친 듯이 알고 싶었다.

"그래서 그 임무란 게 뭔가요?"

"강력한 악귀 하나가 이승을 어지럽히고 있다. 너는 그 악귀를 막으면 돼."

"아, 악귀를요? 미쳤어요? 제가 어떻게 악귀를……. 그리고 그런 일이라면 그쪽 같은 분들이 해야 하는 거 아닌가요?"

"우리도 다 사정이 있어서 이러는 거 아니겠냐."

"그래도 그렇지, 이건 제가 해낼 수 있는 일도 아니잖아요. 상대가 악귀라면서요."

"이미 죽은 자가 뭐가 그렇게 두려워?"

사장 사자의 덤덤한 말투에 남자는 눈을 거북이처럼 느리게 끔벅였다. 가만 생각해보니 전혀 틀린 말은 아니었다. 까짓것 죽기밖에 더하겠는가. 그리고 남자는 이미 죽은 상태였다. 어차피 계약 환생한 상태면 죽어도 본전인 셈이었다.

"좋아요, 할게요. 그래도 능력 같은 건 주시는 거죠? 악귀와 싸우라면서요."

남자의 말에 사장 사자가 제 손목에 걸려 있던 묵

주를 빼서 주었다.

"옜다, 네놈 보험. 잘 간직해라, 요긴하게 쓰일 테니."

남자는 얼떨떨한 심정으로 묵주를 손목에 찼다. 그러자 묵주가 살아 있는 것처럼 손목을 꽉 옥죄더니 알 수 없는 기운이 차오르는 게 느껴졌다. 남자가 묵주 기운에 놀라는 동안 사장 사자는 눈을 감고 뭔가를 골똘히 생각했다. 잠시 후 눈을 뜬 그가 말했다.

"이슬 로에 넋 혼, 로혼. 이게 앞으로 네가 사용할 이름이다."

남자는 사장 사자에게서 받은 이름을 되뇌었다. 뜻이 그다지 좋아 보이지는 않았지만 어차피 진짜 이름도 아니니 상관없었다.

"나머진 자네에게 맡기지."

사장 사자는 제 할 일 마쳤다는 듯 영사에게 뒷일을 맡기고 자취를 감췄다. 영사는 사장 사자가 떠나자마자 참고 있던 분통을 터뜨렸다.

"야, 경거망동하지 마라. 그러다 너 죽어."

"저분 말씀 못 들으셨어요? 이미 죽은 자가 뭐가 두렵냐고 하셨잖아요."

"그건 보통 죽음일 때 얘기지. 악귀에게 죽임당

하면 너 또한 악귀의 종이 되어 구천을 떠돌게 될 거야.”

　　로혼은 뒤통수를 강하게 얻어맞은 기분이었다. 어쩐지 사장 사자가 서둘러 떠난다 싶더니, 뒤가 구렸던 것이다.

　　“그런 건 미리 알려주셔야죠. 저 다시 생각해볼래요.”

　　“이미 늦었어. 네가 그 묵주를 찼을 때 계약은 성립된 셈이다.”

　　“아니, 이런 불공정 계약이 어딨어요?”

　　“네가 알량한 머리 굴리다 그런 걸 이제 와 누굴 탓해? 사장 사자와 맺은 계약은 절대 되돌릴 수 없다. 그러니 딴생각일랑 말고 일단은 현세에 적응하고 있어. 네가 할 일은 이 몸이 수시로 전달해주마.”

　　그때 로혼은 뭔가 이상한 기분을 느꼈다. 그의 몸에 변화가 일어났다. 눈높이가 한 뼘쯤 높아졌고 어깨도 넓어진 것 같았다. 가장 놀라운 건 제 몸이 만져진다는 것이었다.

　　“본래의 몸으로 환생하면 이승에 혼란을 줄 거 아냐. 그리고 머리가 안 좋으면 육신이라도 튼튼해야지.”

　　“아무리 그래도 이 몸은 좀…….”

"한 가지 명심해야 할 게 더 있다."

"또 뭐죠?"

"너 혼자서는 악귀를 막기 어려울 거야. 그러니 임무를 수행하는 동시에 조력자를 찾아."

"조력자는 어디서 찾는데요? 어떻게 알아보죠?"

"손에 별의 지문이 있는 자를 찾아라. 또 모르지, 그 조력자가 네가 기억을 찾는 데 도움을 줄지도."

무슨 이유에서인지 영사의 목소리는 한결 나긋나긋하게 바뀌어 있었다.

"부디 몸조심해라."

"잠깐만요. 조력자가 어느 동네에 사는지만이라도 알려줘요, 네?"

로혼은 여전히 궁금한 게 많았지만 영사는 곧 어둠 속으로 사라졌다.

세 사람은 로혼의 이야기를 흥미진진한 괴담이라도 듣듯 귀 기울여 들었다. 로혼이 이미 죽은 사람이고 저승사자가 실제로 존재한다니. 정오는 로혼의 이야기에 큰 충격을 받았다. 로혼이 평범한 사람이 아니라는 것 정도는 짐작하고 있었다. 그러나 환생인일 거라고는 상상도 못 했다. 그렇다면 로혼에게 그림자가 없는 건 하백에게 그림자를 팔아서가 아니라 망자이기 때문인 거였나.

"그럼 계약이 끝나면 떠나는 건가요?"

"네."

로혼이 애써 덤덤한 어조로 말하는 걸 보니 정오는 비로소 이따금 로혼의 눈빛이 슬퍼 보이던 이유를 알 것 같았다. 그가 하는 모든 일이 잃어버린 기억을 되찾기 위해서라고 생각하자 가슴이 먹먹해졌다. 정오 역시 기억상실증을 앓고 있지 않았다면 이 정도로 공감하지 못했을 것이다. 살아온 기억 전부가 없다는 건 어떤 기분일지 알 수 없었다.

박하연이 비련의 여주인공처럼 글썽이던 눈가를 훔치며 말했다.

"전 사장님이 귀신이라도 상관없어요."

정오는 박하연의 옆구리를 쿡 찌르며 귓속말했다.

"너 썸 타는 사람 있다고 하지 않았냐?"

"썸은 썸일 뿐이지."

정오는 고개를 절레절레 저었다. 그러다 문득 스친 생각이 있어 제 손가락을 살폈다. 여전히 열 손가락 끝에 별의 지문이 있었다. 대체 이건 언제 생긴 걸까. 역시 가장 의심스러운 건 하백이었다. 생각해보면 별의 지문은 하백의 눈 밑에 있던 별과 생김새가 비슷했다. 하지만 하백을 만났을 때 별의 지문이 생긴 거라고 여기기는 어려웠다. 로혼의 말대로라면 별의 지문은 하백이 하려던 일을 저지할 수 있는 유일한 도구나 마찬가지였다. 그런 걸 하백이 스스로 내어줄 리 없었다.

전태진이 드넓은 구릉지대를 돌아보며 말했다.

"도무지 믿기 힘든 이야기네요. 내 눈으로 괴물과 이 이상한 장소를 보지 못했다면 절대 믿지 않았을 겁니다. 아무튼 결론은 내 이야기가 악귀를 막는 데 도움이 된다는 거죠?"

"잊고 싶은 일을 떠올리게 해서 죄송합니다."

로혼이 고개를 끄덕이며 답하자 전태진은 고개를 저었다.

"틀렸습니다."

"네?"

"난 당시 기억을 잊고 싶지 않아요. 오히려 그 반대지. 내가 어떻게 그들을 잊겠습니까? 잊을 수도, 잊어서도 안 되죠."

"그럼 저번에는 왜 제 제안을 거절하신 거죠?"

"잊지 않는 것과 입 밖으로 꺼내는 일은 별개의 문제니까요."

전태진은 할 말이 많았음에도 말을 아꼈다. 사실 그는 끔찍한 기억보다도 그 일을 둘러싼 말이 두려웠다. 정확히는 섣부른 말이 불러올 파장이 두려웠다. 그렇지만 이제는 말해야 할지도 모르겠다고 생각했다. 언제부턴가 아무에게도 말하지 않게 된 그날의 이야기를.

"로혼 씨라고 했죠? 늦었지만 제안을 따르겠습니다. 그러니 알려줘요, 내가 뭘 하면 되는지."

전태진은 마침내 결심을 굳혔다. 당시 세상을 뜬 이들의 입장에서 고심 끝에 내린 결정이었다. 그들에게는 남겨진 가족과 사랑하는 사람들이 있었다. 그들도 남겨진 이들이 영원한 슬픔에 빠지는 건 원하지 않을 것이다. 추모는 단지 슬픔에 잠기는 데서 끝나는 게 아니라 기억하고 기리는 과정이니까.

"어려운 결정 내려주셔서 감사합니다. 일단 자리를 좀 옮기시죠."

로혼은 벤치에서 일어나 벽이 있는 쪽으로 걸어갔다.

"저깁니다."

로혼이 대장간처럼 생긴 곳을 가리켰다. 한껏 들뜬 박하연이 호기심을 참지 못해 앞서 나갔고 전태진은 차분히 뒤따라 걸었다.

"저기, 정오 씨. 잠깐만."

로혼이 전태진을 쫓으려던 정오의 손목을 붙잡았다. 로혼이 손가락으로 높은 지점을 가리켰다. 그곳에 그림자 토템 하나가 영롱하게 빛나고 있었다.

"정오 씨 거예요."

빛나는 그림자 토템을 향해 로혼이 손가락을 튕겼다. 그러자 정오의 토템이 보이지 않는 미끄럼틀을 타고 내려오듯 정오에게로 날아왔다. 눈부심 사이로 보인 그림자 토템은 언뜻 모래시계를 닮아 보였다. 하지만 일반적인 모래시계와는 조금 달랐다.

"혹시 이걸 보고 뭐라도 생각나는 게 있나요?"

모래시계는 정오의 삶에 있어 매 순간 함께해온 물건이었다. 그러나 그런 이유로 특정 기억이 연상되지는 않았다. 정오는 매사 자신에게 엄격했다. 특히 시간을 허투루 낭비하지 않으려고 애쓰며 살아왔다. 모래시계는 엄격한 시간 관리를 위한 도구였다. 그러나 정오가 자기 삶을 통제하기 위해 사용한 물건이라면 모래시계 말고도 많았다. 손목시계, 타이머, 체중계와 계획표. 그중 왜 모래시계가 자신의 그림자 토템이 된 걸까.

"최근 기억이 없다는 게 꽤 답답할 것 같아서요.

그래서 말인데 혹시 이게 정오 씨 기억을 떠올리는 데 도움이 될까 싶어서.”

정오는 멀리 벽 사이로 광활하게 펼쳐진 구릉을 보며 풀밭에 앉았다. 그러자 로혼이 정오 옆에 나란히 앉았다. 벽이 만든 바람길을 따라 부는 시원한 바람이 두 사람의 볼을 스쳤다.

정오는 덤덤하게 자기 이야기를 시작했다.

“전 열 살 때 부모님이 이혼하신 뒤로 엄마랑 둘이 살았어요.”

생각해보니 자신이 살아온 이야기를 누군가에게 이렇게 본격적으로 털어놓은 적이 있었나 싶었다. 비록 이혼이 흔해진 세상이라지만 이혼 당사자의 자식 입장에서는 결코 작은 사건일 수 없었다. 특히 정오의 부모는 사이좋기로 소문난 잉꼬부부였기에 그 충격이 더 컸다. 그렇게 다정하던 아빠가 엄마 아닌 다른 여자를 사랑하게 됐다니 믿을 수 없었다.

정오가 공부를 열심히 한 건 이혼 가정에 대한 편견과 맞서기 위해서는 아니었다. 마음의 허기를 채우는 방법으로 공부를 택했을 뿐이었다. 여기에 약간의 의무감이 있었다고 한다면 그건 엄마가 짊어진 경제적 짐을 하루라도 빨리 덜어주고 싶다는 정도랄까.

자신을 둘러싼 세계가 언제 어떻게 변할지 전혀 예상할 수 없었다. 그래서 계획을 세우지 않으면 불안했다. 계획을 세우고 그 계획을 충족하게 되면 그제야 겨우 안심이 됐다. 그러나 삶이 계속되는 한 계획도 계속되어야 했다. 계획을 세우는 단위는 시간이 흐를수록 세분화됐고 언제부턴가 치킨집에서 닭이 튀겨지는 시간을 체크하듯 모래시계로 제 일상을 쪼개가며 체크했다.

　　"그쪽 앞에서 말하다 보니 이런 기억도 사치스러운 게 되고 마네요."

　　"괜찮아요."

　　로혼은 사색에 잠긴 듯했다. 바람이 로혼의 앞머리를 들추면서 이마가 드러났다. 볼록한 이마가 오목눈이의 도톰한 이마처럼 귀여웠다. 무척 똑똑할 것 같은 동시에 장난꾸러기처럼 보이기도 하는 이마였다.

　　"그만 갈까요? 참, 그 전에 그것 좀……."

　　로혼이 정오가 손에 든 그림자 토템을 바라봤다.

　　"아."

　　정오는 그림자 토템을 로혼에게 돌려줬다. 그림자 토템을 받은 로혼은 주머니에서 끈으로 된 줄을 꺼내더니 그림자 토템 고리에 꿰었다.

　　"잠시만요."

로혼이 정오를 향해 몸을 기울였다. 갑작스러운 행동에 정오가 당황하는 사이 로혼은 목걸이를 정오의 목에 걸어주었다.

"이걸 왜 저한테?"

"원래 정오 씨 거니까요. 전 어디까지나 관리를 해왔을 뿐이죠. 잘 어울리네요."

목에 걸린 그림자 토템을 물끄러미 보던 정오의 머릿속에 스치는 기억이 있었다. 정오는 제 카디건 주머니에서 뭔가를 꺼냈다. 매장에서 골랐던 열쇠고리인데 나중에 결제할 생각으로 챙겨둔 거였다.

"아, 오해 마세요. 훔친 게 아니라 나중에 결제하려고……."

"상관없어요. 그런데 이것도 모래시계네요."

"그러게요."

정오는 손안의 열쇠고리를 이러지도 저러지도 못하다가 불쑥 로혼에게 내밀었다.

"이건 그쪽 선물로 줄게요. 내가 산 건 아니지만."

정오의 당당한 말투에 로혼이 소리 내어 웃었다.

"선물이라니 잘 받을게요. 그리고 호칭 좀 바꿀까요?"

"뭐로요?"

"제 이름 알잖아요. 나이도 비슷해 보이는데 이 참에 말 놔요."

정오는 평소 사람들과 적당한 거리를 유지하는 편이 익숙했다. 갑작스러운 로혼의 제안이 당황스러웠지만 또래로 보이는 사람을 계속 사장님이라는 호칭으로 부르는 것도 어색하기는 마찬가지였다.

"그럼 그럴까?"

"훨씬 낫네. 우리도 슬슬 이동하자."

먼저 일어선 로혼이 정오를 향해 손을 내밀었다.

로혼과 정오가 대장간에 도착하자 박하연이 설명이 시급하다는 표정으로 둘에게 다가왔다. 박하연만큼은 아니어도 전태진 역시 어리둥절한 표정이었다.

"식당인가?"

로혼은 크게 헛짚은 박하연에게 정오가 들었던 설명을 다시 해줬다. 로혼의 설명이 별의 지문에 이르자 박하연이 도저히 참을 수 없다는 듯 정오의 손을 붙잡아 제 얼굴로 들어 올렸다.

"와, 이게 별의 지문이란 거야? 멋지다."

정오는 박하연의 원색적인 반응이 쑥스러워 슬쩍 손을 뺐다. 이제 그림자 열쇠 제작에 필요한 재료는 모두 모은 셈이었다. 그러나 여전히 구체적인 방법은 알지 못했다.

"로혼, 이제 별의 불꽃을 피우는 방법을 알려줘."

로혼에게 한 말인데 박하연이 정오에게 다가와 귓속말했다.

"뭐야, 그새 말을 놨네?"

"나이도 비슷해 보이니까…… 그렇게 됐어. 다른 의미는 없고."

박하연은 잠시 시샘 어린 표정을 짓더니 이내 미소를 머금고 말했다.

"난 오빠라고 생각할래."

그사이 로혼은 기다렸다는 듯 손에 들고 있던 빛나는 그림자 토템을 선반 위에 내려놓았다. 전태진의 그림자 토템이었는데 대장간에 오는 길에 로혼이 벽에서 떼어 왔다. 전태진의 그림자 토템은 망원경 형태였다. 영귀의 위협이 사라진 탓인지 지금은 깜박이지 않고 안정적으로 파란빛을 내고 있었다.

"말했다시피 별의 불꽃을 피워야 합니다."

로혼이 선반 하단에 달린 커다란 서랍을 열었다. 서랍 안에는 나무로 된 상자가 들어 있었다. 로혼이 나무 상자를 꺼내 선반 위에 올린 뒤 조심스럽게 상자의 뚜껑을 열자 고풍스러운 타자기가 모습을 보였다.

"방법은 간단해요. 별의 지문을 가진 정오 씨가 태진 형님의 이야기를 타이핑하면 됩니다. 형님 이야기가 적힌 용지가 별의 불꽃을 피우는 불쏘시개가 되는 거죠."

로혼의 말을 들은 전태진은 긴장한 모습이 역력했다. 연신 마른침을 삼키는지 목울대가 꿀렁거렸고 이마에는 땀이 송골송골 맺혔다.

전태진이 무겁게 입술을 뗐다.

"역시 가장 슬펐던 기억을 말해야 하는 거겠죠?"

"그렇지만은 않습니다."

예상과 다른 로혼의 말에 세 사람의 시선이 그의 입술에 모였다.

"슬픔이 만들어지는 과정은 생각처럼 단순하지 않거든요. 혹시 저 그림 알아보시겠습니까?"

로혼이 뜬금없이 화덕 뒤쪽 벽에 걸린 초상화를 가리켰다. 그러고 보니 정오도 처음 저 그림을 보았을 때 내심 궁금했다. 왜 생뚱맞게 그림이 걸려 있는 걸까.

유화를 보던 전태진이 슬쩍 입을 열었다.

"렘브란트 아닌가요?"

"맞아요. 스물두 살 렘브란트의 자화상이에요.

렘브란트는 빛과 그림자의 화가로 알려져 있죠. 빛과 그림자를 활용해 인간의 다양한 감정을 표현하고자 했어요."

정오는 로혼의 설명을 들으며 가만히 그림을 감상했다. 곱슬머리의 렘브란트는 비스듬한 각도로 어딘가를 응시하고 있었다. 그의 머리카락 일부와 오른쪽 볼에는 빛이 드리워 있었고 나머지 얼굴은 그늘 속에 있었다. 그래서인지 고독해 보이기도 깊은 사색에 잠겨 있는 것처럼 보이기도 했다.

그사이 로혼이 말을 이어갔다.

"슬픔과 행복도 빛과 그림자의 관계와 비슷해요. 예를 들어 상실의 슬픔이 있기 위해선 먼저 잃기 싫은 소중한 존재가 있어야 하죠. 다시 말해 슬픔의 이면에는 행복도 있다는 뜻이에요."

전태진이 나지막하게 로혼의 말을 따라 했다.

"슬픔의 이면이라……."

"마지막으로 하나 더."

아직도 뭐가 더 남았는지 로혼은 캐비닛으로 향했다. 일행에게 돌아온 그의 손에는 빵빵한 배낭 하나가 들려 있었다. 잔디밭에 배낭을 내려놓은 로혼이 손가락을 튕기자 영사가 뾰로통한 얼굴로 배낭을 열고 안에 있

던 텐트를 꺼내 설치하기 시작했다. 영사가 보이지 않는
세 사람의 눈에는 텐트가 저절로 펼쳐지는 마술 같은 광
경으로 보였다.

"우아!"

박하연이 폴짝폴짝 뛰며 손뼉을 쳤다. 반면 정오
는 귀신이라도 본 듯 어깨를 움츠렸다.

"이제 시작하셔도 될 것 같습니다. 뭐든 더 필요
한 게 있으면 알려주세요."

정오가 테이블 위에 놓인 타자기를 보며 말했다.

"난 충분해."

로혼은 정오에게 가볍게 미소를 보인 뒤 선반 위
에 있던 그림자 토템을 집어 전태진에게 내밀었다.

"기억을 떠올리시는 데 도움이 될 거예요."

전태진이 로혼의 손에 들린 망원경 모양의 그림
자 토템을 물끄러미 보더니 예상과 달리 가볍게 고개를
저었다.

"그런 이유라면 없어도 됩니다. 그쪽이 갖고 계
세요."

"네?"

"망원경과 관련된 기억이라면 지금도 이 머리 안
에 터질 듯이 쌓여 있거든요. 다만 지금까진 말할 곳이

없었을 뿐입니다. 물론 규모가 큰 참사였으니 수많은 인터뷰를 했죠. 그때마다 당시의 상황을 절절하게, 그러나 한 치의 거짓 없이 털어놓았습니다. 그런데 결과는 참담했어요. 내가 인터뷰에서 했던 말이 내게 돌아올 때는 전혀 내 것이 아니었으니까. 누가 왜곡했는지 모르겠지만 나는 결과적으로 2차 가해의 희생자이자 다른 희생자의 유족들에게 2차 가해의 빌미를 제공한 순진하고 어리석은 인간이 되고 말았습니다. 그래서 그 친구들의 이야기를 다시 입에 올릴 염치가 없었죠."

목이 메는지 전태진의 목소리가 갈라지고 떨렸다. 깊은 슬픔과 울분이 느껴지는 목소리였다.

전태진이 뚜벅뚜벅 텐트 안으로 들어가 의자에 앉았다. 그 모습을 지켜보던 로혼이 정오를 향해 가볍게 고개를 끄덕였다. 그러자 정오도 가볍게 묵례한 뒤 텐트 안으로 들어갔다.

정오는 전태진의 무거운 이야기를 들은 터라 물처럼 무거운 공기에 짓눌리는 기분이었다. 손가락을 타자기 위에 올리는 것조차 버겁게 느껴졌다. 안락하게 느껴지는 장소가 그나마 잠시 긴장감을 누그러뜨렸다. 새삼 로혼의 배려가 고마웠다.

때마침 로혼이 뜨거운 커피가 담긴 머그잔 두 개

를 들고 와 전태진과 정오 앞에 두었다. 그는 정오의 어깨 위에 손을 얹으며 부드러운 목소리로 말했다.

"숨 쉬어."

정오는 그제야 자신이 숨을 참고 있다는 걸 깨달았다.

"부담 가질 필요 없어. 이건 속기가 아니니까 일일이 다 적지 않아도 돼. 받아 적는 것만 신경 쓰지 말고 먼저 아저씨의 이야기에 귀를 기울여봐."

"그럴게. 근데 이야기가 완성된 건 어떻게 알 수 있어?"

"너 스스로 알게 될 거야."

로혼의 조언으로 한결 부담이 적어진 정오가 전태진의 눈을 마주 보았다. 두 손을 선반 위에 모은 채 전태진에게 고개 숙여 예를 표했다.

"그럼 시작하겠습니다."

희망의 별자리

전태진의 아버지는 대기업 기술팀 연구원이었다. 그런 아버지의 영향을 받아 전태진은 어릴 적부터 자연스럽게 이공 계열의 진로를 꿈꿨고 그 꿈은 천체학 분야로 구체화되었다. 그러나 확고했던 어린 시절의 꿈은 아버지의 죽음 이후 흔들렸다. 어쩌다 보니 전태진은 문예창작과에 진학했는데 어떤 글을 쓰고 싶은지, 아니 뭔가를 쓰고 싶기는 한 건지조차 헷갈렸다.

천체학자가 되고 싶어서였을까. 그가 과제로 제출한 습작품에는 별, 우주, 별자리에 관한 소재가 자주 등장했다. 그러나 그런 소재로 쓴 글들은 내용을 떠나 소재 자체만으로 비판받았다. 식상하고 유치한 소재라는 평이었다.

언제부터인가 전태진은 리포트로 제출해야 하는 습작품조차 쓰지 않게 됐고 자연스레 학과 생활로부터 멀어졌다. 달아나듯 군대에 갔다가 복학한 후에도 학교에서 전태진을 알아보는 사람은 많지 않았다. 교수들이 신입생으로 여길 정도로 그는 존재감이 없었다.

좀처럼 학과 생활에 적응하지 못하던 전태진은 신학기 동아리 소개 부스들을 지나다 우연히 천문학동아리 '루나'를 보게 됐다. 루나의 부스는 다른 동아리 부스에 비해 한산했다. 전태진은 자신도 모르는 사이 루나의 부스 앞을 서성거렸다. 공교롭게도 부스 앞에 전시된 포스터에는 붉은빛 성운이 프린트되어 있었다. 전태진은 붉은 성운의 정체가 오리온성운이라는 걸 단숨에 알아차렸다. 그러자 한동안 잊고 있던 별과 우주와 별자리들이 말을 걸어왔다.

아직 군인 티가 물씬 나는 복학생이 새내기를 모집하는 동아리에 가입하기에는 염치없었다. 전태진은 아쉽지만 발길을 돌리기로 했다. 그때 전태진과 눈을 마주친 남학생 하나가 말을 붙여왔다.

"저희 동아리 들어오실래요?"

"아, 제가……."

"천문학이라고 어려울 거 하나도 없어요. 그냥 같이 별 보러 다니는 거예요. 신입생이라면 누구나 환영입니다."

전태진은 '신입생'이라는 말에 뜨끔했다. 지은 죄도 없는데 괜히 얼굴이 달아올랐다.

"실은 제가 복학생이라서요."

"아, 복학생이시구나……."

남학생은 난처하다는 듯 말꼬리를 흐리며 슬쩍 시선을 피했다. 그때 막 부스에 도착한 여학생 한 명이 남학생을 밀치고 전태진 앞으로 다가왔다. 그리고 그의 손에 가입 신청서를 들려주며 또랑또랑한 목소리로 말했다.

"복학생도 대환영입니다."

그날 전태진에게 가입 신청서를 건네준 채유진은 그해를 넘기기 전에 전태진의 첫 여자친구가 되었다.

전태진은 신입생만큼이나 캠퍼스 생활에 대해 아는 게 적었다. 그동안 맹목적으로 자취방과 강의실만 오갔으니 당연했다. 전태진보다 한 학번이 낮은 채유진은 숫기 없는 전태진과 달리 활달했다. 채유진의 적극적인 태도에 루나의 다른 회원들도 하나둘 전태진을 향해 마음을 열기 시작했다. 동아리 가입 후에도 여전히 학과

내 존재감은 없었지만, 그래서인지 전태진은 동아리 활동을 열심히 했고 4학년이 되었을 때 마침내 루나의 회장으로 선출되기에 이르렀다. 그와 함께 회장 후보였던 채유진은 자진해 부회장직을 맡았다.

그렇게 졸업을 앞둔 7월, 전태진과 채유진은 기억에 남을 만한 뜻깊은 행사를 기획하기로 마음을 모았다. 그리고 그게 비극의 시작이 될 거라고는 누구도 알지 못했다.

전태진은 채유진과 상의 끝에 천체관측과 재능기부를 결합한 동아리 엠티를 기획했다. 기획의 요점은 춘천의 작은 초등학교 중 하나를 선정해 초등학생들과 함께 별자리를 관측하는 것이었다. 전태진의 기획은 어릴 적 아빠와 오리온성운을 관측하던 기억에서 비롯됐다. 채유진과 어릴 적 이야기를 나누다 보니 그녀 또한 비슷한 경험이 있다는 사실을 알게 되어 이 특별한 경험을 어린아이들에게 나눠주기로 뜻을 모은 것이다.

"선배, 발표 자료는 이런 식으로 정리하면 될까요?"

"숙소는 여기로 하면 어때?"

회원들과 함께 차근차근 준비해나갔지만 무엇보다 중요한 건 당일 기상이었다. 기상예보를 참고해 일정을 잡아도 날씨가 변화무쌍한 여름이라 마냥 안심할 수는 없었다.

마침내 엠티 당일이 다가왔다. 춘천 외곽 산골에 있는 초등학교는 전교생이 육십 명에 불과한 작은 학교였다. 루나 회원들은 수업 시간마다 학년을 이동하며 미리 준비한 천체 학습 프로그램을 진행했다.

오후 수업이 시작될 때부터 하늘이 어둑해졌다. 전태진은 우려스러운 눈으로 창밖을 내다봤다. 이대로라면 별자리 관측은 불가능했다. 그래도 삼 일간의 일정이니 내일이라도 날이 개기를 기대했다.

모든 수업이 끝나자 비가 내리기 시작했다. 회원들은 이후 예정된 일정을 내일로 미루고 일찍감치 숙소로 이동했다. 일정의 차질로 마음이 불편한 전태진과 달리 다른 회원들은 개의치 않는 눈치였다. 일찍감치 술자리가 벌어졌고 왁자지껄 수다가 이어졌다.

전태진은 회원들에게 술을 한 잔씩 돌린 뒤 슬쩍 일층 테라스로 빠져나왔다. 빗줄기가 굵어지고 있었다. 전태진을 뒤따라 나온 채유진이 캔맥주 하나를 전태진에게 건넸다.

"속상해?"

"속상까지는 아니고 그냥 좀 아쉽네. 마지막 엠

티잖아."

"아쉬운 게 기억에는 더 오래 남는대."

"그런가?"

전태진이 슬쩍 채유진의 손에 깍지를 꼈다. 작고 보드라웠다. 전태진과 채유진은 깍지를 끼고 남은 손으로 건배했다. 전태진이 웃자 채유진도 피식 따라 웃었다. 후배들 앞이라고 나름 무게 잡고 있었지만 전태진은 채유진과 단둘이면 어릴 적으로 돌아간 기분이었다.

천둥이 치자 굉음에 놀란 채유진이 몸서리를 쳤다. 그때 두 사람의 핸드폰에서 동시에 알림음이 울렸다. 춘천의 호우주의보를 전달하는 긴급재난문자였다. 문자를 보는 채유진은 걱정스러운 얼굴이었다.

"비가 너무 많이 온다. 괜찮으려나? 강원도는 산사태 자주 일어나잖아."

전태진은 기차에서 내려 초등학교로 이동하는 길에 본 낙석주의표를 떠올렸다. 군 복무할 당시에도 해빙기 무렵이면 도로에 쏟아진 낙석을 어렵지 않게 보고는 했다. 그러나 괜스레 채유진을 겁먹게 하고 싶지 않았다.

"실내에 있으면 별일 없을 거야. 위험할 것 같으면 또 문자 오겠지."

또다시 천둥소리가 들렸다. 그러나 천둥소리가 들리기 전에 보였어야 할 번개의 번쩍임이 없었다. 혹시 천둥이 아니었던 건가. 뭔가 이상하다는 생각이 들 때, 갑자기 지진이라도 난 듯 지축이 흔들렸다.

"태진아, 왜 이러지?"

채유진이 잔뜩 겁먹은 얼굴로 태진을 바라봤다. 전태진은 고개를 돌려 주위를 살폈다. 민박집 뒤편의 산등성이에서 흙탕물이 무섭게 흘러내리고 있었다.

"안 되겠다, 애들 당장 나오라 해야겠어."

"같이 가, 태진아."

채유진의 그 말을 끝으로 바닥이 물 위에 뜬 것처럼 통째로 밀려나는 느낌이 들더니 삽시간에 토사가 건물을 덮쳤다.

산사태의 끔찍한 순간이 떠올랐는지 전태진은 연신 몸을 떨었다. 말아쥔 주먹이 테이블 위에서 부들부들 떨렸다. 정오는 전태진이 감정을 추스를 때까지 기다렸다.

"저는 무너진 벽에 깔렸습니다. 흙더미가 아니라 벽에 깔린 덕분에 숨 쉴 공간이 있었어요. 하지만 유진이와 다른 회원들은 그렇지 않았죠.".

전태진의 말이 빨라졌다. 그는 마치 그날의 현장으로 돌아간 것 같았다.

"가까운 곳에서 살려달라는 유진이의 목소리가 들렸습니다. 저는 벽에 깔려 다리를 움직일 수 없었지만 팔은 움직일 수 있었어요. 유진이의 목소리가 들리는 쪽으로 미친 듯이 팔을 휘젓다 보니 뭔가가 만져지더군요. 유진이의 발목이었습니다. 처음에는 손인 줄 알았는데 발이었죠. 한 치 앞도 보이지 않는 상황이었으니까요. 그저 유진이의 목소리를 통해서만 그 애가 아직 살아 있다는 걸 알 수 있었습니다. 나는 곧 구조대가 올 거라고, 분명히 구조될 거라고 유진이에게 말했습니다. 그리고 정말 그렇게 믿었죠. 신이 아직 우리를 버리지 않았다고요."

전태진은 다시금 말을 멈추고는 숨을 몰아쉬었다. 기억을 떠올리는 것만으로도 숨이 가빠오는지 그의 이마와 목덜미가 땀으로 번들거렸다.

"시간이 멎은 듯했습니다. 들리는 거라고는 천둥소리와 서로의 안부를 묻는 목소리뿐이었어요. 그런데 하나둘 목소리가 잦아들기 시작했어요. 그러다 유진이의 목소리가 들렸습니다. 태진이 너라도 꼭 살아달라고. 실낱같은 목소리였지만 유진이가 사력을 다해 뱉은 마지막 말이란 걸 직감할 수 있었죠. 아무리 불러도 더 이상 유진의 목소리는 들리지 않았습니다. 시간이 흐르면서 유진의 발이 점점 차가워졌어요. 그때 알았습니다. 유진이가 제 곁을 떠났다는 사실을요."

어느새 전태진의 얼굴은 눈물범벅이었다. 텐트 밖에서 이야기를 듣고 있던 박하연도 손으로 얼굴을 가린 채 울고 있었고 로혼은 시선을 먼 하늘에 둔 채 눈물을 흘렸다. 가장 먼저 울음을 그친 사람은 당사자인 전태진이었다.

"나중에 안 사실이지만 내가 그날 테라스에서 들었던 소리는 천둥이 아니라 인근에서 산사태가 일어나는 소리였습니다. 그런데도 난 어리석게 천둥소리인 줄만 알았죠."

"아저씨가 아니라 누구라도 그렇게 생각했을 거예요. 산사태 소리를 직접 들어본 사람이 몇이나 되겠어요."

전태진이 고개를 저으며 자책했다.

"미리 알고 대피시켰더라면⋯⋯."

정오는 힘겹게 타이핑을 마무리 지었다. 등을 타고 흐르는 땀에 얇은 티셔츠가 들러붙었다. 전력을 다해 달린 기분이었다. 그러나 타이핑이 끝난 용지에는 아무런 변화도 일어나지 않았다. 문득 로혼에게 이야기가 완성된 사실을 어떻게 알 수 있느냐고 물었던 것이 생각났다. 그는 정오 스스로 알 수 있을 거라고 했다. 그렇다면 이야기가 아직 완성되지 않은 모양인데, 어떤 부분이 빠졌는지 알 수 없었다. 전태진의 인생에서 가장 슬펐던 순간은 조금 전 이야기가 분명했다. 그리고 그는 당시 이야기를 빠짐없이 상세하게 털어놓았다.

고민에 빠진 정오의 머릿속에 렘브란트의 자화상이 떠올랐다. 슬픔의 이면에 행복이 있다면, 혹시 전태진의 행복했던 순간도 기록해야 하는 건가.

그때 텐트 밖에 있던 로혼이 돌아왔다. 그의 손에는 전태진의 그림자 토템이 들려 있었다.

"그림자 토템은 슬픈 기억으로만 만들어지는 게 아닙니다. 그 슬픔과 비례한 행복한 기억이 더해져 만들어지죠. 이게 도움이 될 거예요."

전태진은 앞서와 달리 이번에는 순순히 그림자 토템을 받아 들더니 부술 듯 힘껏 움켜쥐었다.

"실은 다 이 망원경 때문이라고 생각했습니다. 내가 천문학에 관심이 생긴 것도, 문예창작과에 진학한 것도, 루나에 들어간 것도, 그날 그런 일을 겪게 된 것도. 모든 일의 시작은 이 빌어먹을 망원경 때문이라고요."

전태진은 주먹을 펴 제 그림자 토템을 물끄러미 바라봤다.

"이 망원경은 제 아버지의 유품입니다."

그렇게 전태진의 마지막 이야기가 시작됐다. 정오는 허리를 곧추세우고 손가락을 다시 타자기에 올려놨다.

"태진아, 저기 일자로 보이는 세 개의 별 보이지? 그 별들을 삼태성이라고 한단다. 저 삼태성만 찾으면 나머지는 찾기 쉬워. 삼태성이 오리온의 허리띠거든."

태진이 열한 살이 되기 전 겨울, 전태수는 또다시 장기 해외 출장을 앞두고 있었다. 전태수는 회사에서 판매하는 복잡한 공장 설비기기를 해외 공장에 설치하고 시운전 테스트까지 도맡는 업무를 담당하고 있었다. 장기 해외 출장이 많을 수밖에 없는 업무였다.

전태수에게는 아들과 딸이 한 명씩 있었다. 막둥이 하영은 그를 잘 따랐지만 첫째 태진은 그러지 않았다. 전태수는 잦은 해외 출장이 부자 사이를 서먹하게 했다고 생각했지만, 사실 아들에게 관심 끄는 법을 잘 몰랐다. 그러다 아들이 별자리에 관심이 많다는 사실을 알게 되면서 상황을 극적으로 반전시킬 수 있었다.

인적이 드문 야외에서 천체망원경에 머리를 맞대고 별자리를 탐색하는 시간은 오로지 둘만의 시간이었다. 시종 떨어지지 않고 어리광을 피우는 하영도 그때만큼은 눈치껏 엄마 품에서 놀았다. 별자리를 관측하고 나면 별자리에 관한 신화를 소재로 대화를 나눴다. 태진이 자신이 읽은 그리스 신화를 들려줄 때 눈빛이 어찌나 사랑스럽게 반짝이는지 그 어떤 별보다도 아름다웠다. 별들의 연결인 별자리는 태수 부자를 이어주는 끈이기도 했다.

그날은 그해에 전태수가 아들과 함께 별자리를 관측하는 마지막 날이었다. 다음 날이면 다시 집을 떠나 중남미로 장기 출장을 떠나야 했다. 그걸 알면서도 어린 아들은 아빠의 출장에 대해 줄곧 말을 아꼈다. 마치 그러면 내일도 오늘과 같은 하루가 이어질 거라 믿는 것 같았다.

"태진아, 오늘은 우리에게 행운이 따르나 봐. 저기 삼태성 아래 붉게 보이는 별 보이지? 저건……."

"오리온성운이잖아. 아빠, 이제 그 정돈 나도 알아. 별처럼 보이지만 실제로는 가스라는 것도. 그리고 지구에서부터의 거리는…… 음, 이건 퀴즈야. 아빠가 맞혀봐."

"글쎄, 모르겠는데?"

전태수는 아들의 흥을 깨지 않기 위해 정답을 알면서도 말하지 않았다.

"몰라도 맞혀봐."

"삼 광년?"

"땡, 정답은 천오백 광년이야. 엄청나지?"

"와, 그렇게 멀리 떨어져 있는 거야?"

"아빠 그것도 몰랐어?"

그때 아빠를 부르는 하영의 목소리가 들렸다.

"아빠!"

하영이 손에 쟁반 하나를 들고 뛰어오고 있었다. 전태수는 어린 딸이 당장이라도 넘어질 것만 같아 뜀걸음으로 마중을 나갔다.

"엄마가 오빠랑 이거 먹으래."

고사리손에 들린 쟁반 위에서 포일에 싸인 고구마 두 개가 김을 모락모락 내고 있었다.

"엄청 맛있겠다!"

전태수는 어린 딸의 기대에 부응하고자 고구마를 싼 포일을 요란스럽게 벗기며 후후 불어댔다. 그 모습을 본 태진도 감탄을 연발하며 포일을 벗겨냈다. 호들갑 떠는 부자의 모습을 보며 하영이 깔깔 웃었다.

우주처럼 환상적인 밤이었다. 전태수가 꿈에 그리던 행복이 눈앞에 펼쳐져 있었다. 문제는 이 행복을 지키기 위해 내일이면 떠나야 한다는 사실이었다.

아빠와 오빠의 격한 반응에 만족한 하영은 숯불에 익어가는 다른 무언가를 배달할 생각인 듯 쟁반을 챙겨 텐트로 돌아갔다. 그러자 태진은 끊겼던 그리스 신화에 관한 이야기를 다시 이어갔다.

"그러니까 오리온자리는……."

마지막으로 태진은 오리온자리에 관한 멋진 말로 마무리 짓고 싶은 눈치였다. 일 년 전과는 사뭇 다른 모습이었다. 작년까지만 해도 그저 읽은 이야기를 들려주기 급급했는데 불과 일 년 만에 자기 방식이 생겼다. 뭔가에 쫓기듯 이야기를 들려주는 게 아니라 적당히 완급 조절을 하며 이야기하더니 마지막에 이르러서는 이 장황한 이야기를 한 문장으로 갈무리하려고 노력했다.

"슬픔의 별자리야."

태진의 말투는 마치 슬픔을 느끼기라도 한다는 듯 처연했다. 전태수는 그런 아들이 대견하면서도 한편으로는 안쓰러웠다. 이제 겨우 열 살밖에 되지 않은 아이가 상실의 슬픔을 절절히 아는 얼굴이었다. 전태수는 일 년 사이 성장한 아들을 곁에서 지켜보지 못해 진한 아쉬움을 느꼈다. 동시에 아들이 상실의 감정을 또래보다 일찍 알게 된 게 자신 때문인 걸 알기에 미안했다.

전태수는 고개 숙인 아들을 바라보며 나직하게 말했다.

"맞아, 슬픔의 별자리지. 하지만 희망의 별자리기도 해."

뜻밖의 말에 태진이 아빠를 올려다보았다. 태진의 맑은 눈에 눈물이 그렁그렁 맺혀 있었다.

"희망의 별자리?"

"태진이는 아직 이해하기 힘들 수도 있지만 때론 슬픔도 희망이 되거든."

"거짓말⋯⋯."

"거짓말이 아냐. 슬픔을 느낀 뒤에야 비로소 보이는 것들이 있거든. 아르테미스의 슬픔이 저렇게 아름다운 오리온자리로 바뀐 것처럼 말이야. 아빠는 출장 가 있는 동안 태진이에 대한 사랑을 무럭무럭 키워 올 거야. 그리고 돌아오면 태진이와 누구보다 행복한 시간을 보낼 거야."

"언제 오는데?"

"음⋯⋯. 그래, 저 오리온자리가 다시 보일 때."

전태수의 말에 태진이 천체망원경으로 다가가

접안렌즈에 눈을 댔다. 태진은 오리온자리를 보며 중얼거렸다.

"이제 넌 희망의 별자리야."

전태수는 아빠와의 긴 이별을 애써 덤덤하게 받아들이는 아들을 지켜보기가 괴로웠다. 태진의 덤덤함은 가지 말라고 매달린들 떠날 걸 아는 데서 나오는 일종의 체념이자 연기였다. 그러나 태진의 희망을 위한 연기는 계속될 수 없었다.

다음 날 출국한 전태수는 이듬해 오리온자리가 다시 모습을 보일 때까지도, 해를 넘겨 오리온자리가 사라질 때까지도 돌아오지 못했다. 출장지에서 무장 강도를 만나 목숨을 잃었기 때문이다.

봉인된 카이로스

전태진의 이야기를 기록하던 정오는 미소 짓다 울먹이기를 거듭하며 마지막 마침표를 찍었다. 사사로운 감정 따위는 없다고 생각했는데 놀라웠다. 마침내 용지가 태진의 그림자 토템처럼 파란빛을 내기 시작했다.

정오는 얼떨떨한 얼굴로 로혼을 돌아보았다.

"성공이야. 두 사람 다 정말 고생했어요."

로혼의 말에 정오가 흐르던 눈물을 훔치며 밝게 웃었다.

"왠지 가슴속이 시원해진 기분입니다. 수많은 인터뷰를 해봤지만 이런 기분은 처음이에요. 고마워요."

전태진은 로혼을 향해 감사의 마음을 담아 묵례

한 뒤 자리에서 일어나 정오에게 다가갔다. 그리고 손을 내밀었다. 정오는 민망했지만 전태진의 악수를 거절할 수 없었다.

"자, 이제 그림자 열쇠를 만들어볼까요?"

로혼이 동의를 구하듯 주위를 둘러보며 말하자 모두 하나처럼 고개를 끄덕였다. 로혼이 가마에 빛나는 종이를 집어넣자 빛나던 종이가 스스로 타오르며 푸른 불꽃을 일으켰다. 별의 불꽃을 지켜보던 전태진이 자신의 그림자 토템을 로혼에게 넘겼다. 로혼은 전태진에게서 받아 든 그림자 토템을 가마 위에 걸린 금속 용기에 넣었다. 그러자 그림자 토템이 녹으면서 빛나는 파란 액체로 바뀌었다. 그림자 토템이 완벽하게 녹자 로혼은 가마에서 부글거리던 파란 액체를 열쇠 모양의 거푸집에 부었다.

용광로의 뜨거운 열기에 땀범벅이 된 로혼이 팔등으로 이마의 땀을 훔치며 말했다.

"이제 식을 때까지 기다리면 됩니다."

정오가 로혼을 보며 물었다.

"그런데 그림자 자물쇠 위치는 알고 있어?"

로혼이 웃으며 답했다.

"물론이지. 이제 마무리는 나 혼자서도 충분해."

막상 일이 끝나가자 정오는 아쉬운 기분이 들었
다. 결과적으로는 일이 순조롭게 풀린 셈이었지만 로혼
과 헤어지는 순간이 앞당겨진 셈이었다. 이제 일상으로
돌아가는 일만 남았다. 다시 고시원에 다니는 수험생의
일상으로 말이다.

빌딩 크기의 카이로스는 수많은 태엽과 톱니바
퀴로 이뤄져 있었다. 톱니바퀴들은 제각기 다른 속도로
움직였다. 하백은 대관람차를 즐기듯 가장 거대한 톱니
바퀴 위에 앉아 있었다. 톱니바퀴는 크기가 클수록 속도
가 느렸다. 하백이 타고 있는 거대한 태엽은 꼭 정지해
있는 듯 보였다.

태엽 아래쪽에서 누군가 장치 사이를 건너뛰며
빠르게 하백에게 접근했다. 순식간에 하백 앞에 이른 영
귀는 그사이 형태를 바꿨다. 사자만큼 큰 검은 고양이의
모습이었다.

하백이 제 앞에 엎드린 영귀의 머리를 쓰다듬으
며 말했다.

"실패했구나."

그러나 말과는 달리 하백은 영귀가 빈손으로 돌
아왔음에도 실망한 기색이 없었다.

149

"괜찮아, 대신할 만한 그림자를 손에 넣었으니
까."

영귀는 하백의 위로에 한결 기분이 나아졌는지
고릉고릉 소리를 냈다.

"그건 그렇고 이상하긴 해."

하백은 최진희와 만난 일을 떠올렸다. 그녀는 왜
그렇게 큰 슬픔을 품고 살려 했을까. 대부분은 사소한
슬픔조차 기꺼이 파는데. 행복을 추구하는 게 인간의 본
성 아니던가. 물론 그들이 생각하는 행복은 착각과 과대
망상에 불과하지만 말이다.

"역시 더 궁금한 건 이쪽이지."

하백은 실소를 지으며 손바닥을 내려다봤다. 그
의 손가락에 있던 별의 지문이 전에 비해 옅어진 상태였
다. 하백은 한정오와 만났던 순간을 떠올렸다. 별의 지
문이 옅어진 건 아무래도 한정오 때문인 것 같았다. 이
해할 수 없었다. 어떻게 평범한 인간이 별의 지문을 흡
수할 수 있는 걸까.

하백은 한정오와 헤어진 직후 이 의문을 해소하
기 위해 움직였다. 한정오의 친구로 위장해 집에 방문했
을 때 뜻밖의 사실을 알게 됐다. 한정오는 혼수상태로
지내다 깨어난 뒤 부분적으로 기억을 잊은 상태였다. 그

리고 한정오의 모친 최진희는 딸이 기억을 회복하지 못하도록 막고 있었다.

그 과정에서 예상치 못한 거대한 슬픔의 그림자를 손에 넣게 됐다. 그래서 한정오의 그림자를 확보할 필요가 없어졌다.

하백은 카이로스를 구동하는 핵심 장치 중 하나인 태엽으로 다가갔다. 태엽과 연결된 자전거 휠 크기의 톱니바퀴 하나에 반투명한 쇠사슬이 둘러져 있고 그 쇠사슬의 양 끝에 금빛 자물쇠가 채워져 있었다. 아직 쇠사슬은 태엽에 영향을 주지 못하는 듯했다. 톱니바퀴는 물질성이 없는 쇠사슬을 무시하며 일정한 속도로 돌 뿐이었다.

"슬슬 끝을 봐야지."

하백이 영귀의 주둥이 앞에 손바닥을 펼치자 그림자들이 그의 손바닥 위로 흘러나왔다. 영귀는 그림자들을 흡입하더니 잠시 후 검보라색 구 하나를 토해냈다. 응축된 그림자 뭉치였다.

하백은 영귀가 토해낸 구를 그림자 자물쇠에 집어넣었다. 그러자 투명하던 그림자 자물쇠와 쇠사슬이 점점 형태를 갖추기 시작했다. 그와 동시에 톱니가 사슬에 걸리며 회전을 멈췄다. 톱니바퀴 하나의 움직임이 멎자 그와 연결된 카이로스의 절반이 연속해서 움직임을 멈췄다.

하백이 영귀의 머리를 쓰다듬으며 말했다.

"나머지 하나는 너에게 맡길게."

영귀는 기분이 좋은 듯 눈을 갸름하게 뜨며 고릉 고릉거리다가 하백이 제 머리에서 손을 떼자 톱니바퀴를 건너뛰며 순식간에 아래쪽으로 치달렸다.

"이제 모두 그날로 돌아가는 거야."

하백이 멀어지는 영귀에게서 눈을 떼고 발아래 펼쳐진 서울의 광활한 전경을 내려다보았다. 그는 긴 시간에 걸친 계획을 완성하는 순간이었음에도 만족스럽다기보다는 서운한 표정이었다.

집으로 돌아가는 길, 정오는 좀처럼 마음이 진정되지 않았다. 그림자 열쇠를 완성했으니 이제 하백의 끔찍한 계획을 저지할 수 있었다. 그런데 왠지 모르게 로혼과 헤어진 뒤로 심장의 쿵쾅거림이 멈추지 않았다.

'걱정할 거 없어. 이제 모두 원래대로 돌아갈 거야.'

사람들은 다시 저마다 슬펐던 기억을 갖게 될 테고 때론 그 기억과 손잡고 살아갈 것이다. 누군가는 여전히 생생한 슬픔에 괴로울 수도 있겠지만 그 순간은 잠시고 다시 일상을 회복하게 될 것이다. 삶은 그렇게 계속된다.

이런저런 상념에 젖어 집에 도착한 정오는 엄마 앞에서 밝은 표정을 지으려 억지 미소를 지었다.

"다녀왔어, 나 밥 좀."

"여태 밥도 안 먹고 다녔어?"

피곤한 나머지 대꾸할 기운도 없는 정오는 식탁 의자에 털썩 앉았다.

"목걸이 샀어? 이제 하다 하다 목걸이도 모래시계야?"

최진희가 정오의 목에 걸린 모래시계를 보며 혀를 찼다. 정확히는 모래시계가 아닌 그림자 토템이었지만. 그림자 토템은 달섬을 나서는 순간 빛이 사라졌다. 목걸이 펜던트로는 다소 큰 편이었지만 무게가 거의 없어 불편하지 않았다.

최진희는 곧 펜던트에서 관심을 거두고 냉장고로 향했다. 최진희의 뒷모습을 보던 정오의 표정이 급격히 어두워졌다.

"어, 엄마. 그림자가 왜……."

정오는 언제부터인가 본능적으로 사람들의 그림

자를 살폈다. 그런데 아침까지만 해도 멀쩡히 있던 엄마의 그림자가 보이지 않았다.

최진희는 안부를 전하듯 대수롭지 않게 말했다.

"그림자? 팔았는데."

"왜?"

"너도 무사히 깨어났고 더 이상 힘든 기억은 갖고 있을 필요가 없잖아. 그림자야 없어도 그만이고. 이제 우리 전처럼 행복하게 지낼 일만 생각하자."

엄마가 아는 행복과 정오가 아는 행복이 다른 건 아닐까. 엄마는 무탈함을 행복이라 여기는 듯했다.

"정말 그런 이유로 그림자를 팔았다고?"

"다른 이유가 뭐 있겠니?"

어쩌면 엄마 말이 맞았다. 이제 엄마가 그림자를 팔지 않을 이유는 없었다. 문제는 하백이 엄마의 그림자를 확보했으니 목표치를 달성했을지도 모른다는 사실이었다. 어쩌면 옥상에서 달섬으로 돌아왔을 때 영귀가 떠나고 없던 것도 이미 목표치의 그림자를 확보해서일 수도 있다. 만약 사실이라면 언제 카이로스가 봉인될지 모른다.

"엄마, 혹시 하백이 집에 왔었어?"

"그게 누군데?"

"그림자 상인 말야."

"어, 이번에는 직접 집으로 왔더라."

"몇 시쯤에?"

최진희는 벽에 걸린 시계를 보며 손가락을 꼽아 보았다.

"저녁 차릴 때였으니까 다섯시쯤이었을 텐데. 근데 그게 왜 궁금해?"

다섯시라면 달섬에 영귀가 출몰한 시간이었다. 하지만 그때 정오는 엄마와 통화했다. 엄마는 분명 혼자라고 했는데, 거짓말했던 걸까.

"엄마, 그림자 상인이랑 그림자 거래만 했어? 혹시 다른 거래를 더 한 건 아니지?"

"다, 다른 거래라니······. 그림자 상인이랑 그림자 거래하지 뭐가 더 있겠어? 왜, 밖에서 무슨 일 있었니?"

말 돌리기는 엄마가 거짓말할 때 보이는 특징이었다. 한 가지 의심이 정오의 머리를 스쳤다. 엄마의 거짓말은 이번이 처음이 아닐 수도 있겠다는 의심이었다. 생각해보면 의식을 회복하고 자신에게 무슨 일이 있었는지 물었을 때도 엄마는 대답을 얼버무렸다. 교통사고가 있었다는 대답이 전부였다.

수상한 부분이라면 더 있었다. 비록 고시생 신세

라지만 자신이 SNS 계정 하나 없다는 사실이 그랬다.
입원해 있는 동안 핸드폰 번호가 바뀐 점도 영 미심쩍었
다. 뭔가 숨기는 게 있는 눈치였지만 정오는 일단 한발
물러나기로 했다. 엄마가 입을 다물기로 마음먹은 거라
면 캐물어도 소용없었다.

"아니면 됐어. 나 좀 쉴게."

정오는 제 방으로 들어가자마자 박하연에게 문
자를 보냈다.

—너 인스타 하지?
—전에 했는데 지금은 안 해.
—계정은 있을 거 아냐.
—없어, 지웠어.

박하연이 인스타그램 계정을 지웠다니 믿기지
않았다.

—알았어. 잘 자고, 학원에서 보자.

정오는 인스타그램에 들어가 박하연의 계정을
직접 찾기 시작했다. 그러나 박하연이라는 이름을 쓰는

계정은 셀 수 없이 많았고 그중 정오가 아는 박하연을 추려내려면 몇 날 며칠이 걸릴지 몰랐다.

그날 새벽 정오는 발소리를 죽이고 엄마가 잠든 안방으로 들어갔다. 그러고는 충전기에 꽂혀 있는 엄마 핸드폰을 몰래 챙겨 거실로 나왔다.

최진희의 핸드폰 잠금 패턴은 정오가 기억하는 그대로였다. 정오는 병원에서 의식을 차린 날부터 최근까지의 통화 목록을 살폈다. 그러다 눈에 익은 번호 두 개를 발견했다.

하나는 박하연의 번호였고 다른 하나는 정오보다 여덟 살 어린 외사촌 최명호의 번호였다. 두 사람 다 웬만해서는 엄마와 통화할 일이 없는 사람들인데 엄마는 공교롭게도 그들과 한날에 통화한 것이다. 더군다나 발신자도 엄마였다.

정오는 박하연에게 전화를 걸려다 시간을 보고 멈칫했다. 자고 있을 시간이었다. 박하연과의 통화는 아침에 일어나는 대로 하기로 했다. 침대에 모로 누운 정오의 눈에 침대 옆 협탁에 놓인 모래시계들이 보였다. 제각각 다른 크기의 모래시계였다. 정오가 제 삶을 엄격하게 통제하기 위해 사용했던 모래시계들은 이제 쓸모를 잃은 고물처럼 보였다.

다음 날 아침 정오가 전화를 건 사람은 박하연이 아닌 외사촌 최명호였다.

"누구세요?"

"명호야, 정오 누나야."

"어, 누나! 안 그래도 깨어났단 소식 들었어. 이제 괜찮아?"

"응, 괜찮아. 실은 물을 게 있어서 전화했어."

"뭔데?"

"너 며칠 전에 우리 엄마랑 통화했지? 그때 엄마가 무슨 말 하지 않았어?"

"아, 그거……."

최명호는 말하기 난감한 듯 말꼬리를 흐렸다.

"뭔데? 말해봐."

"그냥 고모한테 직접 물어보지 그래?"

"그래도 될 것 같으면 너한테 전화했겠니?"

"그건 그렇지."

최명호는 망설이다가 결국 입을 열었다.

"나도 너무한 거 아니냐고, 이건 아닌 것 같다고 말하긴 했는데……. 누나도 알잖아, 고모 성격. 한번 마음먹으면 끝까지 밀어붙이시는 거."

"알지, 뭐가 됐든 네 탓 안 할 테니까 말해봐. 우

리 엄마가 뭐라고 했는데?"

"실은 누나 인스타그램 계정 삭제하는 것 좀 도와달라셨어."

"인스타그램 계정을?"

"응, 누나 공부하는 데 방해된다고. 고모 다시 봤다니까. 그깟 공무원이 뭐라고."

정오는 최명호의 말을 도저히 믿기 힘들었다. 딸이 삼 개월이나 의식을 잃었다가 깨어났는데 공부에 지장이 갈까 봐 인스타그램 계정 삭제할 궁리나 하고 있었다는 건가. 믿을 수 없었다.

"근데 고모도 그렇지만 누나도 그래. 누나 힘든건 알지만 고모 생각도 해야지."

"그게 무슨 소리야?"

"다 알면서 뭘 물어? 아, 누나. 나 게임 시작됐다,그만 끊을게."

정오의 부름에도 최명호는 매정하게 전화를 끊었다. 정오는 이해할 수 없었다. 자신이 왜 동생한테 영문 모를 꾸짖음을 들어야 하는지.

최명호가 뭔가 오해하고 있을 가능성이 컸다. 그게 아니라면 엄마는 왜 내 방을 새로 도배하고 기억을 잃기 전까지 사용했을 물건도 치운 걸까. 딸이 의식을 회복한 지 얼마 지나지 않은 시점이니 일단 안정을 취하게 하려고 그랬을지도 모른다. 하지만 그런 이유라면 굳이 이렇게 다급하고 은밀하게 정리할 필요가 있었을까.

다시금 최명호의 말이 생각났다. 내가 공부에 집중하게 하기 위해서였다는.

'내가 누구 때문에 이렇게 악착같이 사는 건데.'

배신감과 서운한 마음이 장맛비에 강물 불어나듯 커졌다. 매사 이성적으로 접근하는 정오였지만 이미 불어난 감정이 둑을 넘는 걸 막기는 어려웠다. 딸이 죽다 살아났는데도 공무원 시험만 생각하는 엄마라니. 도저히 참을 수 없었다. 정오는 방문을 박차고 거실로 나섰다.

"엄마!"

거실에 있을 줄 알았던 엄마는 보이지 않았다. 안방에도 없었다. 안방 욕실에서 물소리가 들렸다. 정오는 엄마가 씻는 중이라 생각하고 욕실 문을 노크했다.

"엄마, 나랑 이야기 좀 해."

대답은 돌아오지 않았다. 대신 물소리 사이로 다른 이질적인 소리가 들렸다. 최진희가 우는 소리였다.

"엄마!"

정오는 동의를 구하지 않고 욕실 문을 열었다. 샤

워기에서 물줄기가 쏟아지고 있었지만 최진희는 샤워
부스가 아닌 세면대 앞에 주저앉아 흐느끼고 있었다.

"엄마, 왜 그래?"

정오의 외침에 최진희가 정오를 느릿하게 돌아
보았다.

"정오야, 너 자꾸 왜 그러는 거니? 대체 왜……."

"내가 뭘?"

최진희는 설명도 없이 다시 복받친 감정에 매몰
되어갔다. 오장육부가 뒤틀린 듯한 흐느낌이었다. 정오
는 지금의 상황을 도저히 이해할 수 없었다. 따지려던
생각은 저만치 달아나고 그저 엄마 울음에 덩달아 눈물
이 날 따름이었다. 그러다 문득 로혼이 설명했던 하백의
계획이 생각났다.

'설마 카이로스를 멈추는 데 성공한 건가? 로혼
이 실패했다고?'

아직은 알 수 없었다. 애초에 그림자 열쇠는 하백
이 카이로스의 봉인에 성공했을 때를 대비한 아이템이
니까. 카이로스의 봉인은 어느 정도 예상했으니 이제 로
혼이 그 봉인을 서둘러 해제하기를 기다려야 했다.

"엄마, 잠깐만 여기 있어."

정오는 손등으로 눈물을 훔치며 욕실을 나섰다.

거실로 이동한 정오는 곧장 티브이를 켰다. 뉴스 속보가
흘러나오는 중이었다.

> 원인을 알 수 없는 질병이 퍼지고 있습니다. 의학계는
> 사람의 감정을 담당하는 뇌 기관과 관련한 전염병이라
> 고 추정할 뿐 현재까지 아무것도 밝혀진 바가 없다고
> 전했습니다.

뉴스를 전하는 앵커도 눈에 눈물이 그렁그렁했
다. 이로써 하백의 계획이 실현됐음이 확실해졌다.

순간 한 가지 의문이 들었다. 왜 정오 자신은 멀
쩡한 걸까. 현재로서는 기억상실과 관련 있을 거라고 생
각할 수밖에 없었다. 정오는 곧장 박하연에게 전화를 걸
었지만 받지 않았다. 이렇게 된 이상 달섬에 직접 가야
했다.

슬픔에 젖은 엄마를 혼자 남겨둬야 한다는 게 마
음에 걸려 정오는 다시 욕실로 가서 최진희를 부축했다.

"엄마, 일어나봐. 방으로 가자."

정오는 최진희를 힘겹게 부축해 안방에 데려다
주었다.

"내 딸, 우리 정오 불쌍해서 어째……."

최진희는 눈앞에 정오를 두고도 자꾸만 딸을 찾았다. 얼마나 깊은 슬픔에 빠진 걸까. 최진희는 이성을 상실한 사람 같았다. 정오는 그런 엄마를 보며 최대한 밝은 표정을 지어 보였다.

"엄마, 나 봐. 나 여기 있잖아. 엄마 딸 여기 있어."

최진희는 잠시 정오를 멍하니 보더니 다시금 눈물을 흘렸다.

"정오야, 너 왜 그랬니?"

최진희에게는 정오의 말이 닿지 않았다. 계속해서 눈앞에 있는 정오를 두고 다른 정오를 불러댔다.

최진희를 보던 정오는 등골이 오싹해졌다. 엄마가 드라마에서나 보던 알츠하이머병에 걸린 환자가 된 것 같았다. 엄마는 도대체 언제 적 딸의 모습을 보고 있는 걸까. 분명한 건 엄마가 느끼는 슬픔이 정오 자신과 관련되어 보였다. 하지만 기억을 잃은 정오는 엄마의 슬픔을 이해할 수 없었다.

생각을 정리하던 정오는 비로소 그 순간이 언제인지 짐작할 것 같았다. 삼 개월 전, 그러니까 엄마의 표현대로라면 교통사고로 딸을 잃을 뻔한 순간. 그 정도 사건이라면 엄마의 슬픔이 설명됐다. 그러나 이 추측에도 한 가지 의문이 남았다. 그건 조금 전 엄마가 했던 말 때문이었다.

'너 왜 그랬니?'

교통사고를 당한 딸에게 했을 법한 말로는 생각하기 힘든 말이었다.

최진희는 한참을 더 흐느끼다 기운이 다했는지 탈진하듯 잠들었다. 정오는 엄마에게 홑이불을 덮어주고 안방을 빠져나왔다. 뉴스를 본 순간부터 머릿속에 어른거리는 사람은 한 명뿐이었다.

로혼, 당장 그를 만나야 했다.

너희가 슬퍼야 하는 이유

달섬의 문은 열려 있었다. 홀에 들어서자 정오 목에 걸린 그림자 토템이 다시 파란빛을 내기 시작했다.

"로혼! 나야, 한정오."

정오의 부름에도 로혼은 나타나지 않았다. 정오는 로혼이 옥상에 있을지도 모른다는 생각에 홀을 가로질러 복도로 향했다. 그때 모퉁이 너머 복도 쪽에서 인기척이 느껴졌다. 정오의 예상과 달리 복도에서 등장한 사람은 전태진이었다.

"아저씨!"

"정오 씨?"

"아저씨가 왜 여기 계세요?"

"일이 틀어진 것 같아 로혼 사장 좀 만나러 왔습니다."

"로혼은 어디 있는데요?"

"아까부터 찾고 있는데 안 보이네요. 아무래도 옥상에 있는 게 아닐까 싶은데 문도 안 열리고요."

"문이요?"

정오는 전태진과 함께 밀실로 들어가 옥상에 올라갔다.

"역시 안 열리네요."

전태진이 옥상과 연결된 손잡이를 돌려보더니 고개를 저었다.

"제가 해볼게요."

정오는 혹시나 하는 마음에 직접 손잡이를 돌려보았다. 뜻밖에도 문은 가볍게 열렸다.

전태진이 손잡이를 쥔 정오의 손을 보며 나직이 말했다.

"별의 지문 때문인가."

문을 지난 두 사람은 옥상의 구릉지대를 뛰어다니며 로혼을 찾았다. 그러나 거대한 벽에 이르도록 로혼은 보이지 않았다. 결국 용광로까지 오게 된 정오는 잔디밭에 털썩 주저앉았다. 전태진은 선반에 손을 짚고 서서 차오른 숨을 골랐다.

"아저씨, 이제 어쩌죠? 로혼에게 무슨 일이라도 생긴 거 아닐까요?"

"그러지 않길 바라야죠."

그때 텐트 안에서 검은 정장 차림의 누군가가 빠져나왔다. 영사를 처음 본 정오와 전태진은 본능적으로 경계했다. 정오는 재빨리 몸을 일으켰고 전태진이 영사와 정오 사이를 가로막고 섰다.

"누굽니까? 여긴 어떻게 들어왔죠?"

"지금 그게 중요한 게 아니다."

영사가 헛기침을 내뱉고는 말을 이었다.

"로혼이 위험에 처했다."

영사가 로혼을 입에 올리자 정오가 전태진 옆으로 걸어 나왔다.

"혹시 로혼이 말한 저승사자인가요?"

"보기보다 눈치가 빠르네."

"로혼이 위험하다니 무슨 말이에요?"

"로혼은 임무에 실패했다. 지금 하백에게 붙잡힌 상태야."

"거기가 어디죠? 알려줘요."

"알려줘도 지금 상태로 가서는 도움이 될 수 없

다. 방해나 되지 않으면 다행이지."

"그렇다고 가만있어요? 로혼이 위험하다면서
요?"

정오는 초조했다. 로혼과의 이별을 예상하지 못
한 건 아니었다. 어쩌면 어제가 작별하는 날이었다고 생
각하기도 했다. 이제 이별의 아쉬움을 시간이 달래주기
만 기다려야 할 뿐이라고 생각했는데.

"다 내 실수다."

영사가 면목 없다는 듯 허공을 응시했다. 이번에
는 전태진이 영사에게 물었다.

"그게 무슨 말입니까?"

"내가 파악한 정보에 오류가 있었어."

영사가 난처한 표정을 지었다.

"하백에게 그림자 자물쇠가 하나 더 있을 줄이
야."

"그 말은 그림자 자물쇠가 총 두 개라는 말입니
까?"

"맞아."

영사는 줄곧 로혼의 정보통 역할을 해오고 있었
다. 그러나 그가 파악한 정보가 틀렸던 것이다. 어쩌면
하백이 영사의 존재를 파악하고 함정을 파둔 걸지도 몰

랐다. 어쨌거나 상대를 과소평가한 안이한 실책이었다.

"로혼이 붙잡힌 이상 더는 방법이 없다. 더군다나 그림자 열쇠도 하나뿐이니……."

영사가 절망적인 상황을 나열한 뒤 침묵했다. 그때 뭔가를 골몰히 생각하던 정오가 두 주먹을 불끈 쥐며 입을 열었다.

"아직 남은 방법이 있어요."

태진과 영사의 시선이 정오에게 향했다.

"그림자 자물쇠를 더 만들면 되잖아요."

영사가 쓴웃음을 지으며 고개를 저었다.

"불가능해, 마지막으로 남아 있던 자의 그림자마저 하백의 손에 들어갔어."

정오는 영사가 말한 마지막 그림자가 엄마의 그림자라는 걸 알고 있었다. 그러나 정오의 눈빛은 흔들림이 없었다.

"이걸 보세요."

정오가 목걸이에 달린 그림자 토템을 만졌다. 아직까지 유일하게 빛을 잃지 않은 자신의 그림자 토템이 영롱한 빛을 뿜어내고 있었다.

"봐요, 아직 남은 그림자가 있잖아요."

영사는 여전히 쓴웃음을 짓고 있었다.

"네 그림자라면 쓸모가 없다. 하백조차 포기한 그림자인데."

영사의 거듭된 반박에도 정오는 완고했다.

"제가 기억을 떠올린다면요?"

전태진이 정오의 말에 수긍하며 가볍게 고개를 끄덕였다.

"정오 씨가 기억을 떠올릴 수만 있다면 그림자 열쇠를 하나 더 만들 수도 있겠네요."

그러나 영사의 표정은 여전히 침울했다.

"기억을 회복하는 일이 네 뜻대로 될 거 같아?"

"다른 방법이 없잖아요. 해볼 수 있는 데까진 해 봐야죠."

영사는 정오를 바라보다 시선을 슬쩍 손으로 내려 별의 지문을 보았다.

"좋아, 하지만 시간이 없다. 로혼의 기운이 계속 줄고 있어. 이대로라면 얼마나 더 버틸 수 있을지 모르겠다."

영사는 로혼이 왜 묵주의 능력을 사용하지 않는지 줄곧 의문이었다. 그 능력을 사용한다면 하백의 손에서 벗어날 수 있을 텐데. 아무래도 그림자 자물쇠가 두 개라는 변수가 걸렸다. 혹 로혼이 시간을 벌고 있는 건 아닐까. 이 아이를 기다리기라도 하는 건가.

영사는 처음 로혼을 만났을 때만 해도 그가 이렇게 임무를 진심으로 대할지 몰랐다. 사장 사자의 제안을 수락한 게 그저 이승 생활을 더 즐겨보고 싶은 미련 때문이라 여긴 적도 있었다. 실제로 하백이 본격적으로 활개 치기 전까지만 해도 로혼이 여유를 부리는 바람에 영사로서는 곤혹스러울 때가 적지 않았다. 그랬던 녀석이 승부의 추가 하백 쪽으로 한참 기운 마당에 갑자기 진심으로 바뀐 이유가 뭘까 내심 궁금했다.

그런데 눈앞의 정오를 보니 비로소 그 이유를 알 것 같았다.

로혼은 거대한 두 개의 톱니바퀴가 맞물리는 지점에 결박되어 있었다. 그는 설악산 흔들바위처럼 크고 단단한 톱니바퀴 사이에 끼어 옴짝달싹할 수 없었다.

그림자 자물쇠가 두 개였다니 낭패였다. 애초에 환생인의 몸으로 하백과 정면 대결을 벌이는 일은 무리수였다. 그래서 잠입을 시도했지만 하백은 로혼의 움직임을 예상하고 대비하고 있었다.

그나마 그림자 열쇠라면 물성을 제거해두어 뺏기지 않은 상태였지만 점점 기력이 달렸다. 이대로라면 그림자 열쇠가 하백의 손안에 들어가는 건 시간문제였다. 어떻게든 그 전에 결박을 풀어 카이로스의 절반이라도 작동하게 해야 했지만 설사 결박을 푼다고 해도 코앞에서 버티고 있는 영귀가 문제였다.

"잔머리 굴리지 마. 소용없단 거 알잖아."

어느새 영귀 옆에 나타난 하백이 로혼을 측은한 눈으로 내려다보고 있었다.

"열쇠를 넘겨."

"대체 왜 이런 짓을 벌이는 거야?"

"영사에게 내 소개 못 들었어? 악귀가 악행을 저지르는 데 달리 무슨 이유가 있겠어?"

"최소한 악귀가 된 이유는 있겠지."

하백은 소리 죽여 웃었다.

"그러는 넌 왜 죽지도 살지도 못해서 이러고 있는데?"

"너한테 알려줄 이유 없어."

"망자가 이승을 떠도는 이유는 하나야. 이승에 대한 미련. 그리움이든 원한이든 미련이 크면 저승길에 못 오르는 거지. 그래서 말인데, 나도 너한테 궁금한 게 하나 있어."

하백이 톱니 끝에 걸터앉으며 말을 이어갔다.

"네 미련은 어느 쪽이야? 그리움 아니면 원한?"

"알려줄 이유 없다고."

"알려줄 수가 없는 거겠지. 넌 기억이 없으니까."

"그, 그걸 네가 어떻게⋯⋯."

하백이 도시를 내려다보며 말했다.

"어떻게 알았냐고? 너나 나나 같은 신세니까. 나도 생전의 기억이 없거든. 그런데 그 사라진 기억이 내게 최후의 명령 같은 걸 남기고 떠났단 말이지. 저들이 끝나지 않는 슬픔 속에 살게 하라고 말이야."

"그래서 네가 얻는 건 뭐지?"

"글쎄, 어쩌면 그것 역시 네가 나를 막으려는 이유와 같을지도."

"알아듣게 말해."

"이상하게 사람들이 슬퍼하는 모습을 보면 기억이 떠오를 것만 같아. 내가 왜 죽었는지, 왜 이렇게 원통한지. 너도 네가 왜 죽었는지 궁금하지 않아?"

하백이 시선을 더 아래쪽으로 옮겼다. 그가 보는 방향에는 서울타워의 옥상 테라스가 있었다.

"저기 난간에 달린 징그럽게 많은 자물쇠 보여? 사랑의 자물쇠라나. 저기에 자물쇠를 달아 잠그고 열쇠를 버리면서 사랑이 영원하다고 믿는데. 영원한 사랑을 위한 의식인 거지. 그런데 실은 사랑이 영원할 수 없다는 걸 알기에 저러는 거야. 아이러니하지 않아? 결국 제 의지조차 스스로 지켜낼 자신이 없는 걸 인정하는 거잖아."

"그게 어때서? 서로에 대한 좋은 마음을 간직하려는 것뿐이잖아."

"아니지, 저들은 결국 가장 찬란했던 순간을 끝없이 흉내 내고 있는 거야. 그걸 지속할 힘이 없어서 우스꽝스러운 짓을 반복하는 거지. 정작 기억해야 할 일은 지워버리면서 말이야. 인간은 슬프고 힘든 기억을 지우려고 해. 제 인생에서 가장 소중한 존재를 떠나보낸 기억마저도 끝내 지워버리고 말아. 그러면서 다들 그렇게 살아간다고 변명을 늘어놔. 그래서 내가 저 위선자들을 저들의 방식으로 슬픔에 가두려는 것뿐이야. 다시는 잊지 않게."

로혼이 강하게 고개를 저었다.

"사람은 행복을 추구할 권리가 있어."

"맞아, 하지만 한 가지가 빠졌어. 누구나 공평하게 행복할 권리. 나는 이 불공정한 세상에 공평하게 슬픔을 나눠 줄 거야."

로혼은 더 이상 하백과의 논쟁은 소모적일 뿐이

라고 판단했다. 지금은 그의 눈을 피해 결박을 푸는 일에 집중해야 했다.

계약 환생한 로혼이 본격적으로 임무를 수행하기 시작할 무렵 영사가 찾아온 적이 있었다. 당시 그는 로혼이 지닌 묵주의 능력에 대해 알려줬다.

"묵주에는 두 가지 능력이 있다. 하나는 영기를 응축해 사용할 수 있는 능력이다. 악귀와 싸울 때 필요한 능력이지."

"십자가라도 휘두르면서 싸워야 하나 했는데 다행이네요. 나머지 하나는 뭔가요?"

"영체화다."

"영체화?"

"그래, 지금 네 육신은 보통의 인간에 비해 강인한 편이지만 구성 요소는 거의 비슷해. 하지만 이 능력을 사용하면 육신이 영체화될 수 있다. 포박을 피하거나 탈출을 시도할 때 사용하면 좋지. 영체화는 육신만 사라지는 게 아니라 의식도 흐려지니까 되도록 아끼는 게 좋아. 최악의 경우 영원히 영체화 상태로, 쉽게 말하면 망령의 상태로 머물게 될 수도 있으니 신중히 사용해야 해."

위험부담이 크지만 영체화를 사용한다면 톱니에서 벗어날 수 있었다. 다만 벗어나는 것보다 벗어난 이후가 중요했다. 하백과 영귀의 감시를 벗어날 때까지 인내심을 갖고 기다려야 했다.

로혼은 온몸을 짓눌러오는 톱니의 압박을 참아내며 힘겹게 입을 열었다.

"난 내가 왜 죽었는지 궁금하지 않아. 내가 궁금한 건 내가 어떻게 살았는지야. 어떤 사람들과 어울렸고, 뭘 좋아했는지 취미는 어떤 게 있었는지 같은 게 궁금할 뿐이야."

로혼의 말을 듣는 하백의 얼굴에 조소가 번졌다.

"진짜 환생이라도 한 줄 아나 보네. 그딴 기억은 아무것도 바꾸지 못해. 설령 떠올린다고 한들 망자인 네게는 잠시 스치다 사라질 뿐이야. 하룻밤 길몽에 불과한 네 추억은 아무런 의미도 힘도 없어. 하지만 난 달라. 내 죽음에 관한 기억은 보다시피 세상을 바꿀 힘이 있거든."

로혼은 제 마음을 읽은 듯한 하백의 말을 듣고 놀랐다. 최소한 며칠 전까지만 해도 그 역시 하백과 같은 생각을 했다. 나는 왜 이 젊은 나이에 죽어야 했을까. 달섬에 드나드는 또래를 볼 때마다 못내 마음 한구석이 시렸다.

환생한 이후 자신이 아닌 다른 사람이 궁금해진

것은 한정오가 처음이었다. 달섬에서 처음 봤을 때부터 이유를 알 수 없지만 심장이 울렁거렸다. 달섬을 꾸려가며 수많은 사람을 봤지만 그런 적은 처음이었다. 누구와 사는지, 어떤 음식을 좋아하는지, 좋아하는 책과 영화는 뭔지, 사귀는 사람은 있는지. 로혼은 정오의 모든 게 궁금해졌다. 마치 산 사람처럼.

그러나 산 자를 향한 감정은 망자가 품어서는 안 되는 것이었다. 그는 임무를 완성하든 실패하든 조만간 이승을 떠나야 할 존재였다. 그걸 알면서도 왜 잠깐 사이에 그토록 마음이 가는지 알 수 없었다.

그래서 로혼은 이런 가정을 해봤다. 혹시 생전의 자신이 정오와 알던 사이가 아닐까. 정오와 인연이 있었을지 모른다는 생각은 로혼이 되찾고 싶은 기억의 결을 바꾸었다. 이제 죽었던 이유보다 어떤 삶을 살았는지가 더 궁금했다.

하백이 로혼을 보며 씁쓸하게 말했다.

"갑자기 궁금해지네. 네가 어떻게 죽었는지 알고도 지금처럼 말할 수 있을지."

"내가 어떻게 죽었는지 안다는 거야?"

하백이 비열하게 웃으며 말했다.

"물론이지. 원한다면 들려줄 수도 있어."

달섬을 나선 정오가 도착한 곳은 외삼촌 댁이었다. 외사촌 최명호를 만나기 위해서였다. 최명호의 눈에도 눈물이 그렁그렁했다. 최명호의 슬픔이 과거의 것임을 알지만 그렇다고 그 슬픔이 가짜는 아니었다. 정오는 감정을 애써 다스리려는 사촌 동생이 대견하면서도 측은했다. 다행히 최진희와 달리 최명호는 대화 정도는 나눌 수 있는 상태였다.

　　"외삼촌이랑 외숙모는 어디 가셨니?"

　　"출근했어."

　　"두 분은 괜찮으셔?"

　　"아니."

　　괜찮을 리 없었다. 모르긴 몰라도 각자 소중한 이를 상실한 기억 속에서 허우적거리고 있을 것이다. 이런 슬픔 속에서도 출근해야 하는 어른이라는 존재가 새삼 안쓰러웠다.

　　명호가 손등으로 눈물을 훔치더니 정오의 얼굴을 빤히 쳐다보았다.

　　"근데 이상하네."

　　"뭐가?"

　　"누나는 아무렇지도 않잖아."

　　날카로운 지적이었지만 상황을 설명할 여유는

없었다. 정오는 시치미를 떼기로 했다.

"나는 슬플 일이 없으니까."

"그럴 리가. 누나 원래도 우울증이랑 공황장애 심했잖아."

정오는 명호의 말이 당황스러웠다. 썩 유쾌한 인생은 아니었지만 그렇다고 정신질환을 얻은 기억은 없었다. 애당초 정신과에 간 적도 없으니까. 그렇다면 최근 삼 년 사이에 무슨 일이 있었던 걸까.

"그건 그렇고 너 며칠 전에 우리 엄마랑 통화했었지? 그때 무슨 얘기 했니?"

"아, 누나 기억상실증이라고 했지. 진짜 아무것도 기억 안 나?"

"다는 아니고 최근 기억이 없어. 그래서 네 도움이 필요하고."

"내 도움?"

최명호는 영문을 모르겠다는 듯 고개를 갸웃거렸다.

"혹시 내 우울증이 최근 삼 년 사이에 생긴 거니?"

최명호가 고개를 끄덕였다.

"응, 그 사건 이후 생긴 거야."

"무슨 사건?"

"세양 지진. 누나는 그 대지진에서 살아남은 생존자야."

"뭐?"

대지진이라니 믿을 수 없었다. 일본도 아니고 한국에서 대지진이라니. 그러나 최명호가 이런 거짓말을 지어낼 리 없었다.

정오는 혼란스러움을 느끼며 외삼촌 댁을 나섰다. 영사가 나타난 건 아파트 단지 내 놀이터를 지날 때였다.

"기억을 찾는 일에 진도가 있는지 확인하러 왔다. 상황이 급박하니까."

"기억이 돌아오진 않았지만 무슨 일이 있었는지는 알아냈어요."

"그걸로는 부족해. 그림자 열쇠를 만들기 위해서는 온전한 기억이 필요해."

정오는 영사의 확인 사살에 시무룩해졌다.

"그건 저도 알아요. 그래도 기억을 되찾을 만한 단서는 알아냈으니까 일단 달섬으로 가겠어요."

정오의 말에 영사가 고개를 저었다.

"달섬이라면 폐쇄됐다."

"그게 무슨 소리예요?"

"나도 모르겠어. 달섬의 주인인 로혼에게 변고가 생겼단 뜻이겠지."

뒷짐을 진 영사가 침울한 표정으로 놀이터의 시소를 바라봤다. 그는 어렵사리 말을 이었다.

"이제 다 끝났다는 의미다. 실은 이 말을 전해주려고 온 거다."

"말도 안 돼……. 뭐라도 다른 방법이 있죠? 차선책 같은 거 말이에요."

영사는 여전히 정오의 눈을 피했다. 그것으로 대답은 들은 셈이었다.

"그럼 로혼이 있는 곳이라도 알려줘요."

"그럴 수 없다. 이만 모든 임무를 중단하라는 명이 내려왔어."

"로혼은 어떡하고요? 너무 무책임하잖아요."

영사는 면목 없다는 듯 헛기침을 하며 모래밭에 두고 있던 시선을 허공으로 옮겼다.

"제발 좀 알려주세요."

"그럴 수 없다고."

영사가 다시금 헛기침하며 허공을 응시했다. 그런데 그의 턱이 어딘가를 가리키듯 슬쩍 치켜 올라가는 게 아닌가. 정오는 영사의 턱이 가리키는 방향을 바라봤다. 멀리서 핀셋처럼 작고 뾰족한 건물 하나가 보였다.

"혹시 서울타워인가요?"

"거참, 알려줄 수 없다니까."

영사가 시치미를 떼며 가볍게 정오의 어깨를 다독였다. 그러자 정오가 모르는 사이 눈동자가 파랗게 바뀌며 서울타워와 나란히 있는 거대한 구조물이 시야에 들어왔다.

"난 이만 가봐야겠다."

영사가 슬쩍 한쪽 눈을 찡긋하더니 돌아섰다. 정오는 그런 영사의 뒷모습에 대고 고개를 숙였다.

영사가 연기처럼 사라지자마자 정오는 서울타워가 있는 방향으로 달리기 시작했다.

살아야지

"내가 세양 지진으로 사망했다고?"

"그래, 하지만 넌 살 수 있었어. 말했다시피 널 죽게 만든 건 지진이 아니라 사람이니까."

로혼은 하백의 말을 믿을 수 없었다. 자신이 지진 피해자였다니.

"넌 사람들을 구했지만, 그들은 널 두고 떠났어. 그런데 지금 넌 그런 자들을 구하겠다고 이러고 있으니, 참."

"내가 그딴 거짓말에 속을 거라고 생각해?"

"믿고 안 믿고는 네 자유야. 하지만 이미 목적을 달성한 내가 굳이 이런 거짓말을 지어낼 이유가 있을까?"

　　뒷짐 진 채 짐짓 여유를 부리던 하백이 로혼 앞에
털썩 주저앉았다.

　　"너 혹시 한정오를 기다리는 거야?"

　　속내를 간파당한 로혼의 눈동자가 흔들렸다. 그
런 로혼을 보며 하백이 혀를 찼다.

　　"한정오도 기억을 잃었던데 왜일까?"

　　"사고가 나서……."

　　"그래, 사고. 그 사고가 어떤 사고였는지 알아?"

　　로혼은 정오가 교통사고로 최근 기억을 잃었다
고 들었다. 그런데 하백이 왜 지금 타이밍에 이 이야길
꺼내는 걸까. 불길한 생각이 스멀스멀 꿈틀거렸다.

　　"자살 시도였어. 놀라운 건 한정오의 자살 시도
가 이번이 처음이 아니었어. 삼 년 전부터 꾸준히 시도
했지. 뭔가 느낌이 오지 않아?"

　　로혼은 자신을 죽음으로 내몰았다는 세양 지진
이 일어난 시기가 삼 년 전이었음을 떠올렸다.

　　"짐작대로야. 한정오도 삼 년 전 지진 당시 현장
에 있었어. 그때 무슨 일이 있었기에 자살까지 시도할
정도로 죄책감을 갖게 된 걸까? 궁금하지 않아?"

　　로혼은 강하게 고개를 저었다. 그나마 남아 있던

기운이 빠져나가고 있었다. 동시에 지금까지와는 다른 기운이 몸 안에서 느껴졌다. 강렬한 원망과 증오였다.

　　서울타워로 향하는 계단에 이르자 멀리서 흐릿하게 보이던 구조물이 선명해졌다. 무수히 많은 톱니바퀴로 이뤄진 거대한 기계장치가 서울타워와 나란히 붙어 있었다. 얼핏 보면 산업혁명 당시 방직공장의 기계처럼 보이기도, 대관람차 같은 놀이기구가 여러 개 얽혀 있는 것 같기도 했다. 정오는 눈앞의 비현실적인 구조물이 로혼이 들려준 카이로스임을 단번에 알아챘다. 다시 말해 저기 어딘가에 로혼이 있다는 의미였다.

　　팔각정을 지나 서울타워에 도착한 정오는 숨이 턱 끝까지 찼고, 다리는 그냥 서 있기도 힘들 정도로 후들거렸다. 그러나 여전히 로혼은 보이지 않았다. 아래에서 보이지 않는다면 위로 올라가 찾아보는 수밖에 없었다.

　　슬픔에 사로잡혀서인지 서울타워를 찾은 사람은 평소보다 현저히 적었다. 카이로스는 사람 눈에 보이지도 물성을 갖지도 않는 것처럼 보였다. 정오는 잠깐의 숨 고르기를 끝내고 타워 출입문으로 들어갔다.

　　타워 꼭대기로 올라가는 엘리베이터 안의 패널 영상이 실시간으로 바뀌었다. 밤하늘의 별빛이 빛나고 그 사이로 "안녕, 서울"이라는 글자가 눈부시게 떠올랐다. 그러다 곧 다른 풍경으로 바뀌었지만 정오의 머릿속에는 조금 전 아름다운 별빛의 잔상이 어른거렸다.

문득 태진 아저씨가 들려준 이야기가 생각났다. 겨울밤 아버지와 별자리를 관측하던 태진 아저씨의 어린 시절. 그 행복했던 시절을 끔찍한 산사태에 묻어두고 살아야 했던 태진 아저씨의 삶은 어땠을까. 말로는 결코 다 옮길 수 없는 순간순간의 감정을 짐작하다 보니 멀미가 났다.

태진 아저씨는 사랑하는 연인과 친구, 후배 들의 죽음에 대한 진실을 규명하기 위해 애썼다. 그러는 동안에도 수시로 자책감에 시달렸지만 떠나간 이들의 억울함을 달래주는 게 우선이라고 생각했다. 그러나 사람들은 그의 말을 담아가기만 할 뿐 퍼뜨리진 않았다. 절망감과 무력감이 커지면서 애써 억누르고 있던 자책이 아저씨를 덮쳤다. 그렇게 그는 지금껏 '살려줘'와 '살아줘' 사이에서 방황했다.

정오는 두려웠다. 자신이 잊고 있는 지난 삼 년간의 기억도 태진 아저씨와 닮은 꼴일까 봐. 그래서 자신도 태진 아저씨처럼 '살려줘'와 '살아줘' 사이를 헤매다그 출구를 죽음이라 오해한 걸까 봐.

꼭대기에 도착한 정오는 곧장 창가로 달려가 창밖을 살폈다. 움직임이 없는 기계장치를 살피던 정오는 옥상에서 하백을 발견했다. 그의 곁에 영귀로 보이는 거뭇한 형체도 보였다.

옥상을 오르는 길에 불쑥 두려움이 엄습했다. 그러자 뇌가 본능적으로 핑곗거리를 찾았다. 상대는 그림자 괴물을 수하로 부리고 사람들의 기억을 훔치는 무시무시한 존재였다. 도저히 평범한 인간이 상대할 수 있는 존재가 아니었다.

그런데 왠지 정오는 하백이 단순한 악귀로 느껴지지 않았다. 오히려 자신처럼 중요한 뭔가를 잃어버린 사람 같았다. 그가 벌이는 모든 일이 잃어버린 뭔가를 찾으려는 몸부림처럼 느껴졌다. 그러나 그를 동정할 여유는 없었다. 어쨌든 하백은 죽음을 부르는 존재였다.

마침내 하백과 톱니바퀴 하나만을 사이에 둔 정오가 소리쳤다.

"로혼, 어디야?"

정오의 외침에도 로혼의 목소리는 들리지 않았다. 정오의 외침에 대꾸한 건 하백이었다.

"한정오?"

정오를 발견한 하백은 놀랍다는 표정이었다.

"하백, 로혼을 풀어줘."

정오의 말에 영귀가 으르렁거렸다. 하백이 흥분한 영귀의 머리를 쓰다듬자 영귀는 언제 흥분했냐는 듯 다시 엎드려 고릉고릉 소리를 냈다.

"늦었습니다. 그는 떠났어요."

"떠나다니요?"

"말 그대로입니다. 다 포기하고 떠났습니다."

"내가 그 말을 믿을 것 같아요?"

"그럼 찾아보든지요."

그림자 열쇠가 완성됐을 때 보았던 결의에 찬 로혼의 눈빛이 떠올랐다. 그가 포기했을 리 없었다. 정오는 하백이 로혼을 숨겼을 거라고, 단지 대꾸할 기운도 없는 상태일 거라고 생각했다. 하백을 지나갈 생각으로 다리에 힘을 주고 걷던 정오는 갑자기 불어닥친 바람에 균형을 잃고 말았다.

중심을 잃고 톱니 밖으로 넘어가려던 차에 하백의 팔이 정오의 허리를 감쌌다.

"이거 놔."

"대체 왜 이러는지 모르겠네요. 어차피 정오 씨의 감정은 봉인되지도 않았잖아요. 그런데 왜 아무 상관도 없는 사람들 때문에 이런 위험을 자초하는 거죠?"

"아니, 이건 나를 위한 일이기도 해."

아찔한 지상과의 거리에 정오의 목소리가 떨렸다. 하백은 도저히 이해할 수 없다는 듯 정오의 눈을 물끄러미 바라봤다.

"다들 저렇게 슬퍼하는데 나한테만 다른 감정이 남아 있으면 무슨 소용이야? 저 사람들의 감정이 있어야 내 감정에도 의미가 생겨. 그걸 모르겠어?"

하백은 여전히 정오의 말을 이해하기 힘든지 미간을 좁힌 채 정오의 눈을 바라보기만 했다.

"어쨌든 이제 다 끝났습니다. 말했다시피 로혼도 사라졌으니까요."

"그럴 리 없어. 로혼이 왜?"

"자신이 어떻게 죽게 됐는지 알게 됐거든요. 더는 가식적인 인간을 구할 필요가 없단 걸 깨달은 거죠."

하백은 생전에 로혼을 알고 있었던 걸까.

"보내드려."

하백의 명령을 받은 영귀가 정오를 향해 쏜살같이 달려왔다. 영귀는 커다란 아가리로 정오의 허리를 물더니 톱니바퀴들을 건너뛰며 빠르게 지상으로 내려갔다. 버둥거리던 정오는 이내 의식을 잃고 축 늘어졌다.

하늘은 맑았으나 사람들의 표정은 그렇지 않았다. 많은 사람이 스스로 목숨을 끊었고 그보다 훨씬 많은 사람이 앞서 떠난 자들을 따르려고 했다. 세상은 잦아들지 않는 슬픔에 질식되고 있었다.

정오는 간밤에도 잠을 설친 탓에 눈을 뜨자마자 피로를 느꼈다. 또다시 축축한 하루를 살아야 했다. 차라리 다른 사람처럼 나도 슬픔의 감옥에 갇혀버리는 편이 낫지 않았을까.

전태진을 제외하면 정오는 유일하게 그림자가 남아 있는, 다시 말해 유일하게 맨정신인 존재였다. 문제는 맨정신으로 살기 힘든 세상이 됐다는 사실이었다.

모로 누운 정오의 눈에 협탁 위 모래시계들이 보였다. 이전 같았으면 저 모래시계 중 하나를 뒤집는 것으로 하루를 시작했을 거다. 이제 시간을 잘게 쪼개어 쓰던 습관은 필요 없었다.

정오는 무표정한 얼굴로 침대에서 내려왔다. 정오의 하루는 로혼을 찾는 일로 시작해 로혼을 찾다가 끝났다. 조력자는 전태진뿐이었다. 슬픔에 잠긴 박하연은 같이 움직이기가 어려웠다. 박하연은 자신의 가장 큰 슬픔이 실연의 기억인 줄 알았지만 아니었다. 박하연은 어린 시절 부모로부터 인정받지 못한 슬픔이 실연의 슬픔보다 컸다. 두 살 위 오빠와 늘 비교되면서 인정욕구가 강해졌지만, 그렇게 강해진 인정욕구가 부모의 눈에는 거슬렸다. 박하연의 낙천적인 겉모습은 낮아진 자존감을 감추기 위한 위장이었던 셈이다.

정오는 박하연의 눈물을 보면서 처음으로 그녀의 내면을 보게 됐다. 박하연의 슬픔은 늘 곁에 있지만 관심 밖이던 그림자와 닮아 있었다.

"다녀올게요."

정오는 입이 써 끼니를 대충 때우고 외출했다. 최진희는 인사하는 정오를 돌아보지 않고 퀭한 눈으로 창밖만 바라봤다. 몸 안에 있는 수분이 모두 말라버린 것 같았다. 겨우 죽만 몇 술씩 뜨면서 얼마나 더 버틸 수 있을지 몰랐다.

길을 나선 정오는 곧장 전태진에게 전화했다.

"아저씨, 저예요. 부탁드린 건 좀 알아보셨어요?"

"그래, 지금 올 거니?"

"네, 지금 출발해요. 이따 봐요."

덤덤한 말투와 달리 정오는 바삐 발을 옮겼다.

달섬의 출입문에는 'close'라는 팻말이 걸려 있었다. 정오는 덤덤하게 출입문을 열고 들어갔다. 전태진과 함께 정리해뒀지만 찌그러진 선반과 움푹 파인 벽에서는 여전히 영귀가 난동을 피운 흔적이 남아 있었다.

"왔구나."

"네, 로혼 소식은 들으신 거 없죠?"

전태진이 씁쓸한 표정으로 고개를 끄덕였다. 사라진 건 로혼뿐만이 아니었다. 영사 또한 그날 이후 자취를 감췄다. 둘 다 이 세상을 포기한 듯했다. 그러나 정오는 아니었다. 로혼이 사라진 이후 정오는 두 가지 일을 해오고 있었다. 로혼을 찾아내는 것과 자신의 잃어버린 기억을 되찾는 일이었다. 그래서 다시 한번 그림자 열쇠를 만들어 카이로스를 작동할 계획이었다.

"알아보신 건······."

"여기."

전태진이 스크랩한 기사와 정리한 자료를 테이블에 펼쳤다. 정오는 자료를 훑어보다 눈에 띄는 기사 하나를 발견했다.

"세양 지진의 생존자들······."

생존자들을 인터뷰한 기사였다. 헤드라인 뒤에 숫자가 써진 걸로 보아 연재 기사 같았다. 정오는 다섯 번째 인터뷰 대상자였다.

세양 지진이 있고 일 년이 지난 시점이지만 한정오 씨

는 여전히 그날의 악몽을 생생히 기억한다. 본 기자는 여전히 그날의 트라우마로 공황장애를 겪고 있는 한정오 씨를 인터뷰했다. 그해 7월 18일 생애 첫 취업에 성공한 한정오 씨는 친구들과 함께 자축 겸 여름 피서지로 세양을 찾았다.

인터뷰 기사를 보는 정오의 눈동자가 흔들렸다. 최명호의 말을 듣고 자신이 세양 지진 당시 현장에 있었다는 사실 정도는 알고 있었으나 이렇게 자세한 내용은 처음 접했다. 기사 속 자신은 지진 당시의 공포를 생생하게 전하고 있었다. 그러나 정오의 눈길을 사로잡는 내용은 그다음이었다.

한정오 씨는 자신의 생존이 친구의 희생으로 이뤄진 것이라 여기고 있다. 그녀는 당시 사망한 친구 하이철과 조우빈의 이름이 거론되자 말을 잇지 못했다.

기사의 하단에는 사진 한 장이 실려 있었다. 두리안만큼 큰 모래시계였다. 사진의 캡션에는 "한정오 씨가 조우빈 씨에게 받은 생일 선물"이라고 적혀 있었다.
조우빈을 모를 리 없었다. 정오와 고등학생 시절

부터 친구였던 조우빈은 대학까지 같은 곳으로 진학하며 우정을 이어왔다. 그런 조우빈을 어떻게 까마득히 잊고 있었을까. 생각에 잠긴 정오의 눈에 눈물이 고였다.

'우빈이가 죽었다고? 나 때문에?'

대학 동기 하이철의 죽음 또한 충격적이었다. 남자임에도 말이 잘 통해 동성처럼 편하게 지냈던 친구였다. 정오는 몇 없던 소중한 두 친구를 한날한시에 잃었다는 사실이 실감 나지 않았다.

삼 년 전 세양 지진은 삼천 명이 넘는 사상자가 발생한 재난이었다. 비슷한 규모로 일본에서 발생한 지진과 비교했을 때 한국이 지진 대비에 얼마나 소홀한 나라였는지가 증명된 사례였다.

정오가 주먹으로 허벅지를 내리쳤다. 평소 이성적이던 모습은 온데간데없이 정오는 급격히 무너져갔다. 어떻게 이런 일을 잊을 수 있는 걸까. 할 수만 있다면 머릿속을 열어보고 싶었다.

전태진이 정오의 주먹을 부드럽게 감싸 쥐며 말했다.

"너무 자책하지 마. 그건 재난이었을 뿐이야. 네 탓이 아니야."

"하, 하지만 나 때문에 죽었다잖아요."

"그런 자책 억지스러운 거 너도 알잖아."

"저 어떡해요, 아저씨……."

전태진은 정오가 진정되기를 가만히 기다렸다. 이런 순간에는 그 어떤 말도 위로가 되지 않는다는 걸 누구보다 잘 알고 있었다.

정오가 진정되자 전태진은 자료 중에서 지도 한 장을 가장 위쪽으로 옮겼다. 강원도 해안 지역의 지도였다. 세양시 해안 한 지점에 붉은 표시가 되어 있었다.

"이건?"

"갈림이라는 마을이야. 지진 당시 네가 머물던 곳인데 사망자가 유독 많았던 곳이지. 그리고 여기."

전태진이 해안에서 멀지 않은 산간 지역을 가리켰다.

"갈림으로 들어올 수 있는 유일한 길목이야. 당시 지진으로 이 도로와 접한 산에서 산사태가 있었어. 아마도 이것 때문에 구조대의 진입이 늦어졌을 거야. 그러니까 어쩌면……."

전태진이 잠시 숨을 고른 뒤 말을 이었다.

"네가 인터뷰한 것과 달리 네 친구의 죽음은 너 때문이 아니라 구조대가 늦게 도착해서일 수도 있어. 사람은 불가항력적인 상황에 놓이면 탓할 거리를 찾기 마런이야. 넌 그 대상을 네 자신으로 삼았던 걸지도 몰라."

전태진의 말을 가만히 경청하던 정오가 지도를 원망하듯 바라봤다.

"어쩌면 아저씨 말이 맞을지도 몰라요. 하지만 제가 취업한 것 때문에 여기 놀러 간 사실은 변함이 없어요. 제가 이때 취업하지만 않았어도, 아니면 만남 장소를 그냥 동네로만 했어도……."

전태진은 정오가 억지 부리고 있음을 알았지만 설득하지 않았다. 지금 정오에게 필요한 건 논리적인 사고가 아니라 시간이었다. 정오도 제 생각이 억지스럽다는 것쯤은 알 것이다. 다만 지금은 탓할 대상이 필요해 보였다.

"만약에요, 우빈이와 이철이가 그렇게 된 게 진짜 저 때문이라면 그땐 저 어떡하죠?"

전태진은 뭔가 더 할 말이 있는 것 같았지만 말을 아꼈다. 그는 정오가 기억 회복을 포기할지도 모른다고 생각했다. 이제 자신의 사라진 삼 년의 기억이 두려울 테니까. 그 안에 어떤 끔찍한 진실이 숨어 있을지 알 수 없으니 말이다. 그러나 그의 짐작은 빗나갔다. 정오가 손가락으로 지도 속 갈림을 짚으며 말했다.

"직접 가봐야겠어요."

그날 우리는

갈림은 평범한 어촌 같았다. 마을회관을 지날 때 본 추모탑만 아니었다면 말이다. 추모탑에는 당시 희생자들의 이름이 새겨져 있었고 참배객들이 남긴 국화와 노란 쪽지가 빼곡했다.

정오는 추모탑에서 하이철과 조우빈의 이름을 찾았다. 가나다순으로 배열되어 두 사람의 이름은 꽤 떨어져 있었다. 정오는 두 사람의 이름을 나란히 붙여주고 싶은 충동을 느꼈다.

정오와 전태진은 가져온 흰 국화를 놓고 짧게 묵념한 뒤 장소를 옮겼다.

정오가 블록의 모퉁이를 돌다 멈춰 서며 혼잣말

을 했다. 떨리는 목소리였다.

"여긴……."

정오가 보고 있는 건 무너진 건물이었다. 무너진 건물의 잔해가 어지럽게 얽혀 있었다. 전태진이 무너진 건물을 둘러싼 펜스에서 안내판을 살펴보고 정오에게 돌아왔다.

"지진 당시 무너진 호텔이래. 당시 단일 건물 기준으로 가장 많은 사망자가 발생한 게 이 호텔이었다네. 그날을 잊지 않기 위해 일부 잔해를 그대로 둔 거고."

설명을 이어가던 전태진이 정오에게서 이상을 발견하고 말을 멈추었다.

"정오야, 괜찮니?"

정오는 부들부들 떨고 있었다. 부서진 콘크리트 일부에 가슴이 눌린 것처럼 숨쉬기 어려웠고 머리가 깨질 듯 아팠다. 결국 머리를 움켜쥔 채 주저앉았다.

"한정오, 정신 차려……."

전태진의 목소리가 흐릿하게 들리다 이내 사라졌다. 눈앞의 건물 잔해가 시간을 되돌리듯 솟구쳐 오르며 제자리를 찾아가기 시작했고 무너지기 전으로 돌아갔다. 그리고 곧 땅이 가볍게 흔들렸다. 물놀이를 마친 듯 수건을 두른 채 호텔로 다가오던 하이철과 조우빈 그리고 정오는 흔들림을 느끼고 주춤했다. 곧 흔들림은 잦아들었고 세 사람은 호텔 출입문으로 걸어갔다.

'안 돼, 당장 거기서 나와!'

정오의 외침에도 하이철과 조우빈은 호텔 출입문 너머로 사라졌다. 마침내 정오는 사라진 기억이 떠올랐다. 조금 전 진동은 본격적인 지진에 앞선 전진이었다. 하지만 사람들은 그다지 신경 쓰지 않았다. 한국에서 지진은 흔하지 않았고 인명 피해를 부른 사례도 극히 드물었다. 당국과 지자체에서도 시민들의 동요를 막기 위해 위험성을 제대로 경고하지 않았다.

마침내 강력한 진동이 시작됐고 사람들의 비명이 터져 나왔다. 정오는 눈앞에서 호텔이 붕괴하는 장면을 차마 지켜볼 수 없어 손으로 눈을 가렸다. 그러나 머릿속에 떠오르는 장면까지 막을 수는 없었다. 하이철은 붕괴된 콘크리트에 깔렸는지 찾을 수 없었다. 정오는 다리가 건물 잔해에 깔렸지만 식탁 밑에 숨은 탓에 목숨은 건질 수 있었다. 조우빈이 힘겹게 정오의 다리를 빼냈고 두 사람은 탈출구를 찾았다. 그 과정에서 한 사람이 겨우 빠져나갈 틈을 찾았지만 추가 붕괴에 조우빈의 몸이 잔해에 깔리고 말았다. 다행히 조우빈은 의식이 남아 있었고 정오는 구조대를 불러오겠다며 현장을 벗어났다.

그러나 구조대가 진입할 도로가 막혀 있었다.

"정오야, 한정오."

전태진의 목소리가 다시 들릴 때 정오의 얼굴은 눈물로 뒤덮여 있었다. 여전히 극심한 공포에 사로잡힌 정오는 떨고 있었다. 그런 정오를 전태진이 가볍게 안아 주었다.

"이제 괜찮아."

"아, 아저씨. 나 기억이…… 기억이 나요."

"고생했다, 정말 고생했어."

정오와 비슷한 아픔이 있는 전태진에게는 정오가 느끼는 고통과 슬픔이 고스란히 느껴졌다.

"일단 자리를 좀 옮기자."

전태진은 정오를 데리고 부두 쪽으로 이동했다. 그러다 막다른 길인 붉은 등대에 이르렀다. 정오의 눈은 파란 바다를 보고 있었지만, 머릿속에서는 여전히 무너진 건물의 모습이 어른거렸다. 그 아래 하이철과 조우빈이 깔려 있었다고 생각하니 생각만으로도 가슴이 찢어질 듯 괴로웠다. 자신 때문에 온 여행에서 자신만 살아남았다.

익숙한 목소리가 들린 건 그때였다.

"한정오?"

목소리를 찾아 두리번거리던 정오의 눈앞에 뭔가 흐릿한 형체가 일렁거렸다. 아지랑이처럼 보이던 형체는 서서히 사람의 형태를 띠기 시작했다. 정오가 그토록 찾아다녔던 로혼이었다.

"로혼, 너 어떻게 된 거야?"

로혼이 속을 알 수 없는 얼굴로 정오를 물끄러미 바라봤다. 정오는 반가움과 원망이 섞인 말투로 말했다.

"어떻게 된 거야? 왜 말도 없이 사라졌어?"

"말하자면 길어. 내가 하백에게 붙잡혔던 건 알고 있지? 원래는 하백을 방심시켜 카이로스의 봉인을 해제할 생각이었지만 오히려 당하고 말았어."

"영사님에게 들었어."

"그렇게 붙잡혔을 때 하백이 내가 죽던 순간의 기억을 보여줬어."

"뭐?"

"뭐랄까, 내가 겪은 일인데도 전혀 실감이 나지 않더라. 아무튼 그 기억을 떠올린 순간 모든 의욕을 잃고 말았어. 영체화를 사용해 간신히 하백의 손에서 벗어나긴 했지만 의지가 사라져서인지 육체를 회복할 수가 없었어. 그래서 계속 영체화 상태로 남게 됐고 정신을 차리고 보니 이곳이었지."

"잠깐, 네 말은 무의식 가운데 이곳에 온 거란 말이야?"

"그런 셈이지."

"왜 하필 여기에⋯⋯."

정오는 로혼이 떠올렸다는 죽음의 순간과 지금 있는 장소가 관련이 있을 수도 있다고 생각하기에 이르렀다.

"설마 너⋯⋯."

"맞아, 난 이곳에서 죽었어."

"말도 안 돼."

"내 죽음에 관해 알게 되더라도 괜찮을 줄 알았어. 그런데 아니더라."

그때 묵묵히 두 사람의 대화를 듣고만 있던 전태진이 끼어들었다.

"그래, 무척 억울했을 거야. 지진이 자연재해라고는 하지만 그 대비가 허술했던 건 사실이니까. 내가 알아본 바로는 전진이 있었음에도 정부와 세양시는 이를 제대로 알리지 않았어. 그 당시 세양시에서 국제 해양 스포츠 행사를 진행하고 있었거든. 되도록 소요를 일으키고 싶지 않았겠지. 재난 매뉴얼을 따랐다고는 하지만 누가 봐도 약식에 불과했어. 내진 설계에 따랐다던 건물들도 맥없이 무너졌고. 한마디로 복합적 재난이었던 거야. 그러니 억울함이 클 수밖에 없어."

세양 지진은 전태진이 겪은 참사가 몸집을 키워 돌아온 것과 마찬가지였다.

정오는 로혼을 안아주고 싶은 마음을 억누르며 말했다.

"많이 힘들었겠다."

기억을 회복해서일까, 친구들을 보내고 혼자 살아남았다는 죄책감이 정오의 마음을 짓눌렀다. 자신은 누굴 위로할 자격도 없는 것 같았다. 그러다 문득 이곳에서 로혼을 만난 게 그저 우연일까 하는 의문이 들었다.

로혼과 자신은 공교롭게도 같은 장소에서 같은 재난을 겪었다. 그리고 같은 목표를 향해 싸워나갔다. 혹시 로혼이 생전에 나와 알던 사이인 건 아닐까.

"더는 세상을 구할 힘도, 그래야 할 이유도 사라졌어."

로혼이 절망에 찬 목소리가 정오의 생각을 부수고 들어왔다.

"그게 무슨 소리야? 여기서 멈추겠다고?"

"어쩌면 하백이 옳을지도 몰라. 반복되는 실수는 실수가 아냐. 그건 과실이야. 그런데도 사람들은 자기 잘못을 절대 인정하지 않아."

"다 그런 건 아냐."

"그렇다고 해도 이미 늦었어. 내일이면 내 환생 계약은 종료되니까."

"오늘이 있잖아. 그리고 나 기억도 되찾았어. 이제 내 그림자로도 그림자 열쇠를 만들 수 있다고."

순간 로혼의 눈빛이 반짝거리는 것처럼 보였던 건 착각이었을까. 로혼은 힘없이 고개를 저었다.

"미안해, 설사 방법이 있다 해도 이제 나와는 상관없는 일이야. 난 애초에 기억을 되찾고 싶은 마음에 환생 계약을 수락한 거야. 그런데 이제 기억을 더는 떠올리고 싶지 않아. 그러니까 그만 돌아가."

도대체 하백과 무슨 일이 있었기에 사람이 이렇게 바뀐 걸까.

"거짓말!"

정오의 날카로운 외침에 로혼의 눈이 커졌다.

"솔직히 말해봐. 아직 말하지 않은 뭔가가 더 있는 거지?"

로혼의 몸이 가늘게 떨렸다. 순간 그의 눈동자에 파란빛이 담겼다. 소름 돋는 눈빛이었다.

"잘 들어. 네가 알던 로혼은 사라졌어. 난 지금 악

귀가 되려는 걸 겨우 참고 있어. 그러니 이만 돌아가, 널 원망하고 싶진 않으니까."

문득 앞서 품었던, 결코 입 밖으로 꺼내기 싫었던 의문이 다시 떠올랐다.

"너 혹시 그때 나와 함께 있었던 거야?"

로혼은 정오의 시선을 회피하며 침묵했다. 정오는 달섬에서 본 기사를 떠올렸다. 자신의 동행인은 하이철과 조우빈뿐이었다. 로혼은 없었다. 그러나 로혼이 전에 들려준 말에 의하면 현재 로혼의 모습과 이름은 생전과 달랐다.

"서, 설마 너…… 이철이야? 하이철?"

로혼은 여전히 말이 없었다. 그 모습에 정오는 못내 다른 한 사람을 더 떠올렸다.

"조우빈……."

로혼이 감전이라도 된 것처럼 전율했다.

"아냐, 네가 우빈일 리가 없잖아. 우빈이는 여자인데."

여전히 로혼은 정오의 부정에 동의하지 않았다. 대신 눈에 눈물이 고였다.

"오랜만이야, 한정오."

굳은 듯 서 있던 정오를 향해 로혼, 아니 조우빈

이 다가와 안았다. 두 사람은 한동안 서로를 안고 있다 떨어졌다.

여전히 감정이 격한 정오와 달리 로혼의 표정은 차갑게 식었다.

"미안하지만 내가 네 옛 친구였다고 해서 달라질 건 없어. 그만 돌아가."

결국 로혼은 정오에게서 등을 돌렸다.

정오는 초조한 사람에게서 보이는 행동을 종합적으로 하고 있었다. 달섬의 의자에 앉아 다리를 떨며 손톱을 물어뜯다가 이따금 발작하듯 벌떡 일어났다. 그러고는 "아냐, 올 거야"라고 자기 암시를 불어넣고 다시 의자에 앉아 앞서 행동을 반복했다.

정오가 순순히 로혼을 떠난 건 로혼과의 포옹 당시 그가 남긴 귓속말 때문이었다.

'달섬으로 갈게.'

로혼은 분명 그렇게 말했다.

"로혼 사장 말인데, 아무래도 감시당하고 있던 것 같았지?"

"그렇게밖에 해석이 안 되죠. 하지만 이상해요, 하백은 안 보였는데."

"감시하는 게 하백이 아니라면 혹시 영귀가 아닐까?"

"그럼 로혼이 달섬에서 보자고 한 건……."

"밀실에서 보자는 의미겠지. 밀실이라면 영귀도 따라붙지 못하니까."

두 사람이 밀실로 자리를 옮기고 삼십여 분이 지나자 마침내 기다리던 로혼이 모습을 보였다.

"아까는 미안해. 줄곧 영귀에게 감시당하고 있었어."

정오가 눈을 흘기며 말했다.

"맘에 없는 소리만 한 건 아닌 것 같던데?"

"넌 여전하구나, 한정오."

정오는 로혼에게서 우빈을 떠올리며 말했다.

"너야말로 여전히 착해빠졌지."

"일단 옥상으로 가자."

대장간에 도착한 세 사람은 전태진의 그림자 열쇠를 만들 때와 마찬가지로 정오의 그림자 열쇠를 제작했다. 다만 이번에는 정오가 직접 자기 이야기를 적었다는 점이 달랐다.

정오가 로혼을 향해 물었다.

"자, 다음 계획은?"

"글쎄."

"글쎄?"

"실은 영체화 상태일 때는 거의 의식이 없었거든. 계획 같은 걸 세울 정신이 없었어."

"넌 참 한결같다. 지금 보니 딱 우빈이야."

로혼이 멋쩍은 표정으로 실소를 보였다.

"그럼 이건 어때? 우빈이 넌 영귀에게 감시당하고 있으니까 그 점을 이용해서 영귀를 카이로스에서 떨어뜨려놓는 거야. 그럼 카이로스에는 하백 혼자 남게 돼."

로혼이 고개를 갸웃거렸다.

"그럼 봉인은 누가 해제해?"

"남은 사람이 아저씨랑 나밖에 더 있어?"

전태진은 수락의 의미로 고개를 끄덕였다.

"평범한 사람이 하백과 맞설 수는 없어."

"누가 직접 맞서겠대? 2 대 1의 상황을 잘만 이용하면 싸우지 않고도 봉인을 해제할 수 있을 거야."

전태진이 정오의 의도를 눈치챈 듯 말을 보탰다.

"일종의 성동격서?"

"맞아요, 지난번 실패 덕분에 그림자 자물쇠의 정확한 위치를 파악했어요. 자물쇠는 카이로스의 상단부와 하단부 두 곳에 있어요. 하백 입장에서는 지금껏 로혼만 막으면 된다는 생각에 두 자물쇠 위치를 멀리 떨어뜨려놓았을 거예요. 로혼은 혼자인 반면에 하백은 영귀와 나눠서 지킬 수 있으니까요. 하지만 이번에는 우리가 하백 입장이 되는 거죠."

정오는 스스로 말하고도 그럴듯한 계획이라 생각했다. 전태진 역시 수긍의 의미로 고개를 끄덕였다. 다만 로혼의 표정이 어두웠다.

"하지만 그런 위험한 일을 네게 맡길 순 없어."

"다른 방법 있어? 현재로선 이게 가장 현실적인 방법이야."

"그래도……."

"이런 세상에서 계속 사는 것보다 위험한 일은 없어. 더한 일이라도 할 거야."

정오의 단호한 태도에 로혼도 더는 설득할 수 없었다.

서울타워 앞에 도착한 전태진은 카이로스를 바라보며 정오에게 물었다.

"괜찮겠니?"

로혼은 만약을 대비해 너무 멀지 않은 곳에서 대

기하기로 했다.

"괜찮아요."

"그래도 내가 상단부를 맡는 게 낫지 않을까?"

"정확한 위치를 아는 건 저예요. 더군다나 아저씨는 카이로스에 오를 수 없을 거예요. 그러니까 아저씨는 계획대로 타이밍만 잘 맞춰주세요."

정오는 못내 염려스러워하는 전태진을 향해 슬쩍 미소를 보인 뒤 서울타워 안으로 사라졌다. 이제 전태진은 정오에게 연락이 오는 순간을 기다렸다가 옥상 테라스와 닿아 있는 하단부의 그림자 자물쇠를 해제하면 되었다.

아무리 하백이라도 그를 저지하러 이동하려면 시간이 필요할 거라는 게 정오의 생각이었다. 그 시간에 전태진은 하백이 도착하기 전 봉인을 해제할 예정이었다. 그리고 하백이 그에게 시선 돌린 틈을 타 정오가 상단부의 자물쇠에 접근해 나머지 봉인을 해제하면 끝이었다.

마침내 정오에게서 전화가 걸려 왔다.

"전 도착했어요. 하백은 안 보이지만 일단 계획대로 움직여주세요."

"그래, 테라스에 도착하면 연락할게."

전태진은 서둘러 타워에 진입했다. 로혼의 말에 의하면 그림자 열쇠를 가진 채 그림자 자물쇠에 접근하면 하백이 그 기운을 감지할 거라고 했다.

테라스에 도착하자 난간에 걸린 수많은 자물쇠가 보였다. 연인들이 영원한 사랑을 맹세하며 달아둔 것들이었다. 그 난간과 맞닿은 한 지점에 카이로스에 설치된 두 개의 그림자 자물쇠 중 하나가 있었다.

그림자 자물쇠를 찾은 전태진은 곧장 정오에게 전화를 걸었다.

"도착했다. 바로 움직이면……."

뭔가를 발견한 전태진이 말끝을 흐렸다. 난간에 있는 누군가가 그를 뚫어져라 보고 있었다.

"아저씨, 무슨 일 있어요?"

이내 통화가 끊겼음을 알리는 소리가 들렸다. 정오는 일이 틀어졌음을 직감했다. 그러나 이제 와 전태진에게 달려갈 수는 없었다. 일단 제 몫의 그림자 자물쇠를 해제하는 데 집중해야 했다.

그림자 자물쇠로 가기 위해 톱니바퀴를 건너던 정오에게 이번에는 로혼의 전화가 걸려 왔다.

"한정오, 괜찮아? 하백은?"

다급한 목소리였다.

"하백 여기 없는데? 난 곧 자물쇠에 도착해."

"아저씨는?"

"모르겠어. 조금 전에 통화할 때 좀 이상하긴 했어."

"젠장."

"무슨 일인데 그래?"

"영귀가 그쪽으로 가고 있어. 아무래도 태진 아저씨가 위험한 것 같아."

"뭐?"

"넌 네 역할에만 집중해줘. 아저씨한텐 내가 가볼게."

지금은 다른 생각을 할 때가 아니었다. 일단은 절반이라도 그림자들을 해방시켜야 했다.

"너, 넌……."

전태진은 제 눈을 의심했다. 난간에 걸린 자물쇠를 구경하다 전태진을 향해 고개를 돌린 사람은 다름 아닌 그의 옛 연인 채유진이었다.

"오랜만이네."

채유진은 그사이 다시 몸을 돌려 줄곧 보고 있던 열쇠를 뚫어져라 바라봤다. 전태진은 뭔가에 홀린 듯 채유진 곁으로 다가갔다. 채유진이 만지는 파란색 자물쇠에 쓰인 희미한 글자를 보는 순간 숨을 쉴 수가 없었다.

　　전태진♡채유진

　　채유진이 고개를 돌려 그를 바라봤다.
　　"차마 잘 지냈냐고는 못 묻겠다."
　　"유, 유진이 네가 어떻게……."
　　전태진은 눈앞의 상대방이 진짜 채유진이 아니라는 것쯤은 알고 있었다. 하백이 자물쇠의 해제를 막기 위해 자신을 속이는 것임을 충분히 짐작할 수 있었다. 드라마에서 귀신이 사람을 홀리는 흔한 클리셰처럼. 그러나 눈앞에 있는 사람은 완벽하게 채유진과 같은 모습이었다. 손목에 있는 별 모양의 타투까지도.
　　"네가 유진일 리가 없어."
　　"나야 나, 루나 부회장 채유진. 오빠 여자친구 유진이라고."
　　채유진이 전태진을 향해 한 발짝 다가왔다. 전태진은 본능적으로 뒷걸음쳤다.
　　"그럴 리 없어."
　　"물론 나는 하백이기도 해. 하지만 하백에게도

생전의 모습이 있었을 거 아냐. 그게 바로 나야."

전태진이 제 그림자를 사려고 하백이 나타났던 순간을 떠올리며 따졌다.

"네 말이 사실이면 왜 날 만났을 때 바로 밝히지 않았던 거야?"

"그동안은 나도 내가 누군지 몰랐으니까. 하백은 내가 누군지 몰랐을 때 사용한 가상의 인물이었던 거고."

"그, 그럼 유진이 네가 지금 이 끔찍한 상황을 만든 거라고?"

채유진의 미간이 좁혀졌다.

"끔찍하다니? 다른 사람은 몰라도 오빠는 내 마음 알아줘야 하는 거 아냐?"

"이건 재앙이야."

"재앙이라면 우리가 먼저 겪었어."

"그건 재난이었어. 사고였다고."

전태진은 말을 내뱉는 순간 아차 싶었다. 그와 채유진이 겪은 그 일을 두고 사고라 말하다니. 그건 단순한 사고도 재난도 아니었다. 인재였다. 채유진의 말대로 재앙에 가까웠다.

"그게 아니라 내 말은……."

채유진이 조용히 전태진의 품에 안겼다.

"나 많이 외로웠어."

채유진의 몸은 놀라울 정도로 차가웠지만 전태진은 왠지 모를 온기를 느꼈다. 전태진은 온기가 느껴지는 게 채유진에 대한 자신의 그리움 때문임을 알았다. 설령 지금 순간이 거짓이라고 해도 믿고 싶을 정도로 채유진이 반가웠다.

채유진이 전태진의 귀에 속삭이듯 말했다.

"난 우리의 억울한 이별에 복수한 거야. 오빠도 겪었잖아, 이 세상이 얼마나 쓰레기 같은지. 그러니까 같이 우리 복수를 감상하자."

전태진도 이해할 수 있었다. 그날 일은 그날로 끝나지 않았다. 자신들의 과실을 덮으려는 이들을 상대로 전태진은 힘겨운 시간을 보냈고 결국 지고 말았다. 그 억울함과 좌절감이 그의 영혼을 얼마나 위태롭게 했던가. 그러나 그렇다고 모든 사람이 다 그런 건 아니었다. 그날의 일은 여전히 아프고 슬프지만 삶에 그런 순간만 있던 건 아니었다. 그건 채유진의 인생도 마찬가지였다.

"유진아, 미안하지만 그렇게는 못 해."

"왜 못 하는데?"

"너도 진짜 원하는 건 이런 게 아닐 거야. 내가 아

는 넌 이렇지 않았어. 이제 그만 사람들을 슬픔에서 놓
아줘."

순간 채유진이 전태진을 밀치며 떨어졌다. 표정
에 한기가 서려 있었다.

"하긴 오빠도 날 버렸지. 결국 자기는 살아남았
다 이건가."

"널 버리다니? 아냐, 그런 적 없어."

"그래? 그럼 지금부터 그 말을 증명해. 영원히 나
와 함께하는 거야."

채유진이 말을 끝내기 무섭게 난간 밖에서 영귀
가 솟구쳤다. 영귀는 순식간에 전태진을 덮치더니 그의
몸에 빙의했다.

정오는 위태롭게 톱니바퀴 사이를 건너고 있었
다. 이제 두 개의 톱니바퀴만 넘으면 자물쇠가 있는 태
엽에 이를 수 있었다. 그때 아래쪽에서 뭔가가 빠르게
다가오는 게 보였다.

분명 전태진이었다. 그런데 몸놀림이 사람의 것
이라 보기 어려웠다. 정오는 서둘러 남은 톱니바퀴를 건
너뛰었다. 그러나 마지막 태엽에 이르기 직전 전태진이
나타나 정오를 위협했다.

"아저씨, 왜 이래요?"

전태진은 아무런 대답도 없었다. 정오는 흰자위가 사라진 전태진의 눈을 보며 뭔가 문제가 생겼다고 직감했다. 어쩌면 하백에게 조종당하고 있는지도 몰랐다.

"저예요, 한정오."

여전히 전태진은 정오를 알아보지 못하고 재차 공격해 왔다. 전태진을 피하려던 정오는 순간 발을 헛디뎠고 그대로 추락했다. 다행히 본능적으로 뻗은 손이 태엽을 휘감고 있던 쇠사슬에 닿았다. 쇠사슬을 붙잡은 정오의 몸이 거칠게 태엽과 충돌하며 휘청거렸다. 그 바람에 쇠사슬을 놓칠 뻔했지만 재빨리 다른 손으로 바꿔 붙잡았다.

눈앞에 쇠사슬과 연결된 그림자 자물쇠가 보였다. 정오는 주머니에서 그림자 열쇠를 꺼내 그림자 자물쇠를 향해 힘껏 꽂았다. 그러자 자물쇠를 중심으로 블랙홀 같은 어둠이 생성되었다. 그리고 그 둥근 어둠에서 셀 수 없이 많은 그림자가 빠져나왔다. 해방된 그림자들이 본체를 찾아 뿔뿔이 흩어졌다.

정오의 손에서 슬슬 힘이 빠져나갔다. 발을 디딜 만한 곳이 보이지 않았다. 이제 진짜 끝이었다. 진짜 죽는다고 생각하자 엄마가 생각났다.

"한정오, 안 돼!"

뒤늦게 추락하는 정오를 발견한 로혼이 외쳤지만 로혼도 할 수 있는 게 없었다. 정오는 빠르게 추락했다. 붙잡을 수 있는 건 없었다. 멀어 보이던 지면이 가까워졌고 균형을 잃은 정오의 몸이 뒤집어졌다. 파란 하늘을 배경으로 여전히 까마귀 무리 같은 그림자들이 뿜어져 나오고 있었다.

저 그림자 중에 엄마의 것도 있을까. 하지만 엄마는 슬픔의 감옥에서 벗어나자마자 나로 인해 다시 큰 슬픔에 잠기게 될 것이다.

그때 정오에게 그림자 하나가 맹렬한 속도로 날아왔다. 돌고래를 닮은 그림자는 순식간에 정오를 따라잡아 곁을 날더니 정오가 지면에 닿기 직전 낚아채듯 등에 태웠다. 정오는 자신이 죽었는지 살았는지 헷갈렸다. 그런 높이에서 떨어지고 있었는데 살았을 리 없었다. 그러나 살갗에 스치는 시원한 바람은 아직 그녀가 살아 있다고 말해주었다. 그리고 어디선가 엄마의 목소리가 들렸다.

'정오야, 살아야지. 부모보다 먼저 죽으려는 자식이 어딨니.'

왠지 물기가 느껴지는 목소리였다. 귀가 아니라

마음으로 전해지는 목소리였다. 정오는 비로소 돌고래 그림자가 엄마의 그림자임을 깨달았다. 동시에 엄마가 지금껏 어떤 슬픔에 갇혀 있었는지 이해할 수 있었다.

'미안해, 엄마. 오해해서 미안하고 믿지 못해서 미안해. 그리고 죽으려고 해서 정말 미안해.'

정오는 돌고래 그림자를 끌어안았다. 때마침 서울타워에 도착한 로혼이 보였다.

"우빈아, 여기야."

정오의 의도를 알았는지 돌고래 그림자가 빠르게 로혼을 향해 하강했다. 로혼은 민첩한 몸놀림으로 돌고래 그림자에 올라탔다.

로혼이 가쁜 숨을 내쉬며 물었다.

"어떻게 된 거야?"

"모르겠어. 아무래도 태진 아저씨가 하백에게 조종당하고 있는 것 같아."

그사이 전태진은 카이로스를 내려와 하백 곁에 있었다. 하백은 본 모습으로 돌아온 상태였다. 정오는 곧장 하백과 전태진이 있는 테라스로 향했다. 두 사람을 내려준 돌고래 그림자는 곧바로 떠났다.

하백과 전태진을 살피던 로혼은 영귀가 보이지 않는다는 사실에 의아함을 느꼈다. 그러다 전태진의 확

장된 동공을 보고는 그의 몸에 영귀가 빙의했음을 알아
챘다.

"하백, 이제 그만해."

로혼을 본 하백의 눈이 커졌다.

"네가 왜 여기에……. 설마 지금까지 날 속이려
고 연기했던 거야?"

로혼은 대꾸 없이 하백을 노려보았다. 입을 연 건
정오였다.

"태진 아저씨에게 무슨 짓을 한 거야?"

하백이 전태진을 돌아보며 실소를 머금었다.

"원래대로 돌아왔을 뿐이야. 이 사람은 내 곁에
있고 싶어 했으니까."

"그게 무슨 소리야?"

"우리가 사랑하는 사이라는 말이지."

순간 정오는 둔기로 뒤통수를 얻어맞은 듯 사고
가 마비됐다. 하백과 태진 아저씨가 사랑하는 사이라니.

"설마 당신…… 채유진이야?"

정오의 입에서 채유진이란 이름이 나오자 당사
자가 아닌 전태진이 움찔했다.

"너희는 끝내 날 방해하겠다는 거지?"

하백의 눈에 서서히 살기가 서렸다. 동시에 로혼

의 손에도 하얀 영기가 일렁였다.

로혼이 하백에게 시선을 고정한 채 말했다.

"정오 넌 물러나."

로혼의 목덜미에는 땀이 송골송골 맺혀 있었다. 정오는 로혼의 말대로 물러나는 대신 오히려 대치 상태인 하백과 로혼 사이로 들어갔다.

"살아줘."

하백은 생뚱맞은 정오의 말에 귀밑을 긁적였다.

"살아줘, 이 말 기억 안 나?"

"무슨 수작이야?"

하백은 여전히 이해할 수 없다는 얼굴이었다.

"너, 정말 채유진 맞아?"

"진짜 궁금해?"

하백이 한숨을 푹 내쉬고는 입을 열었다.

"좋아, 말해주지. 나와 태진이는 루나에서 처음 만났어. 그리고 마지막 엠티에서 있었던 산사태가 우릴 갈라놓았지. 이제 믿을 수 있겠어?"

"아니, 넌 채유진이 아냐. 내가 태진 아저씨에게 들은 채유진이라면 이럴 리 없어."

순간 하백의 눈에 불길이 담겼다.

"지금 내가 거짓말이라도 한다는 거야?"

정오는 하백이 한 말의 진위를 가리기 위해 생각하고 또 생각했다. 하백의 말에 거짓은 없어 보였다. 최소한 조금 전에 한 말은 그렇게 들렸다. 그렇다면 어떻게 전태진에게 이럴 수 있는 걸까. 왜 자신의 마지막 유언을 기억하지 못하는 걸까.

정오는 처음으로 돌아가 다시 생각했다. 하백이 사람들의 그림자를 수집한 이유부터. 그는 자신의 억울한 죽음 때문에 세상을 원망하게 됐고 그래서 사람들을 영원히 슬픔에 잠기게, 다른 의미로는 죽은 이들을 영원히 추모하며 살게 만들었다. 그런데 그게 하백이 이 모든 일을 벌인 진짜 이유일까.

어디선가 그런 말을 들은 적이 있다. 이승에 떠도는 원혼은 산 사람 흉내를 낸다고. 혹시 하백도 그런 게 아닐까 싶었다.

"네가 로혼에게 말했지, 넌 이승에서의 기억이 없다고. 그런데 네가 채유진이란 건 어떻게 알지? 거짓말이 아니라면 증명해봐."

하백의 눈썹이 꿈틀거렸다. 그런 하백을 보며 정오는 말을 이어갔다.

"알다시피 난 기억상실을 겪었어. 고작 삼 년의 기억을 잃었을 뿐인데도 답답해 미칠 것 같았지. 그 기억을 되찾는 게 삶의 목적처럼 여겨질 때도 있었어.”

　　“그게 나와 무슨 상관이지?”

　　“난 잃어버린 기억을 되찾기 위해 단서가 될 것들을 찾아다녔어. 그 과정에서 때로는 다른 사람의 기억에 의존하기도 했고. 지금 하백 네가 벌이는 짓이 나랑 비슷하지 않아?”

　　정오는 지금껏 하백이 사람들의 그림자를 추출한 최종 목적이 카이로스를 봉인하는 것이라고만 생각했다. 그런데 조금 전 다른 생각이 들었다. 어쩌면 하백은 사람들의 그림자에 담긴 기억에서 자기 기억의 단편들을 모으고 있었던 건지도 모른다고.

　　“넌 사람들의 기억 속에 있는 네 기억의 퍼즐을 맞추고 있던 거야. 꽤 성공적이었겠지. 살아 있을 때의 너를 충분히 흉내 낼 수 있게 됐어. 그렇다고 완벽한 건 아냐. 태진 아저씨만 알고 있는 네 유언을 알지 못하는 게 그 증거고.”

　　“그딴 유언 하나 모른다고 달라지는 건 없어.”

　　“내가 말하는 건 단순히 유언이 아냐. 지금 네 안에는 다른 사람들이 기억하는 너만 있지 진짜 넌 없다고 말하는 거야.”

　　“닥쳐!”

더는 듣기 힘든지 하백이 정오를 향해 손을 휘둘렀다. 그러자 강력한 바람이 정오를 덮쳤다. 뒤로 밀려난 정오를 로혼이 부축했다.

"괜찮아? 그만 자극하는 게 좋겠어."

"아직이야."

정오는 다시 하백 앞으로 걸어 나갔다.

"너 로혼에게 죽기 전 장면을 보여줬다고 했지? 그럼 넌 어때? 넌 네 죽음을 볼 용기가 있어?"

"빌어먹을 산사태라면 나도 봤어."

"그래, 하지만 이것만은 분명해. 네 기억 속에 그날의 태진 아저씨는 없어, 아냐?"

이번만은 하백도 반박하지 못했다.

"엠티 일정을 그날로 잡은 것도, 하필 그 산 밑에 있는 숙소를 예약한 것도 태진 아저씨 혼자 계획한 건 아니었어. 그리고 산사태에 대한 재난 대비 안내를 하지 않은 것도 태진 아저씨의 잘못이 아니었어. 그런데도 태진 아저씨는 당신과 친구들을 잃었다는 것에 자책해왔지. 그날 이후 줄곧 절망과 죄책감 속에서 살았어. 네가 정말 채유진이라면 최소한 태진 아저씨한테는 이러면 안 되는 거 아냐? 넌 지금껏 태진 아저씨를 버틸 수 있게 했던 말이 뭐였는지 알기나 해?"

"그래서 이 사람을 내 곁에 두기로 했잖아. 어쨌든 난 그날 억울하게 죽었어. 그러니 이제 다 끝내겠어."

하백이 전태진에게 손을 내밀었다. 그러자 전태진의 손이 호주머니 안으로 들어갔다. 주머니에서 나온 그의 손에는 그림자 열쇠가 들려 있었다.

"그만둬!"

로혼이 하백을 저지하기 위해 뛰쳐나가려 할 때 정오가 팔을 뻗어 그를 제지했다. 그런 뒤 속삭이듯 말했다.

"날 믿어줘."

정오는 하백을 바라보는 척 실은 바닥에 드리운 제 그림자를 보고 있었다. 해가 저무는 중이라 그림자는 길게 늘어져 있었다. 정오의 그림자는 그림자 열쇠를 만들 때 사라졌지만 조금 전 그림자 자물쇠 하나를 해제하면서 돌아온 상태였다.

하백이 전태진에게서 그림자 열쇠를 건네받는 순간 하백의 손에 열쇠와 함께 닿는 게 있었다. 정오의 그림자였다. 순간 정오의 별의 지문이 짙어졌고 하백은 감전이라도 당한 듯 전율했다.

"하백, 아니 유진 언니. 직접 확인해봐요. 이 그림자 안에 태진 아저씨의 기억도 있어요. 그러니까 그 마음을 직접 읽어보세요."

정오는 전태진의 이야기를 타이핑하던 순간을 떠올렸다. 그가 들려준 이야기의 힘을 믿었다. 다른 사람들의 입을 거친 게 아니라 그가 직접 들려준 그와 채유진의 이야기, 그 힘을 믿기로 했다.

로혼이 불안한 얼굴로 정오를 바라봤다.

"무슨 짓이야? 하백에게 다시 그림자를 뺏길 셈이야? 그럼 네 기억이 사라질지도 몰라."

"다른 선택지도 없잖아."

정오는 로혼에게 희미하게 웃어 보인 뒤 다시 하백을 바라봤다. 하백의 전율이 잦아들고 있었다. 태진 아저씨의 기억을 읽은 그가 어떻게 나올지 알 수 없었다. 하지만 지금은 그저 믿어보는 수밖에 없었다. 두 사람의 서로를 향한 마음을 믿어야만 했다.

그때 하백의 외모가 달라지기 시작했다. 정오는 바뀐 하백의 모습이 채유진임을 알 수 있었다. 채유진은 전태진을 뚫어져라 바라보고 있었다. 채유진의 손이 전태진의 볼에 닿았다. 그러자 전태진의 몸에서 영귀가 빠져나갔고 그의 눈동자가 원래대로 돌아왔다.

"유, 유진아!"

전태진이 믿을 수 없다는 듯 채유진을 바라봤다.

"태진아."

채유진 역시 글썽이는 눈으로 전태진을 바라보고 있었다.

"미안해, 내가……."

전태진은 채유진의 말이 채 끝나기도 전에 그녀를 와락 끌어안았다. 그런 두 사람을 붉은 황혼의 빛이 감싸안았다.

그때 정오의 곁에서 누군가 모습을 드러냈다. 한동안 자취를 감췄던 영사였다.

그림자가 사라진 정오

마침내 카이로스의 봉인을 해제한 정오와 로혼은 채유진을 영사에게 맡기고 서울타워를 떠났다. 두 사람이 달섬으로 돌아왔을 때는 해가 완전히 저문 상태였다. 우려와 달리 정오의 기억은 사라지지 않았지만 무슨 이유에서인지 그림자는 돌아오지 않았다. 아무래도 전태진과 채유진의 기억을 연결하는 재료로 쓰임을 다한 듯했다. 그렇게 정오는 세상에서 유일하게 그림자가 없는 사람이 됐다.

두 사람은 어슴푸레한 창밖을 보며 테이블에 마주 앉았다. 둘 중 누구도 쉽게 말을 꺼내지 못했다. 내일 아침 동이 트면 로혼의 환생 계약이 종료되는 걸 알기에, 이제 작별을 준비해야 할 순간임을 알기에 그랬다.

　　침묵이 감도는 가운데 먼저 입을 연 사람은 로혼이었다.

　　"어떻게 안 거야? 하백의 진짜 목적이 생전의 기억을 되찾는 거라는 거."

　　"아, 이거 때문에."

　　정오가 제 손바닥을 펴 보였다. 열 개의 손가락 끝에서 별 문양이 보였다.

　　"별의 지문 때문에 알았다고?"

　　"계속 의문이었거든. 왜 하백이 자신에게 방해가 될 수 있는 별의 지문을 내게 심어준 건지. 그러다 카이로스에서 하백을 만났을 때 그 이유를 알 것 같았어. 원망이라는 감정 있잖아. 어떤 면에서는 사랑과도 닮았거든. 의도와는 달리 마음이 자꾸 그쪽으로 가버리잖아. 그러니까 하백의 행동도 어쩌면 본심과는 다를지도 모른다고 생각했어. 나도 모르는 내 진짜 마음 같은 게 있잖아."

　　"하여간 한정오, 냉철한 건지 따뜻한 건지 헷갈리는 구석이 있다니까."

　　"칭찬으로 받아들일게."

　　정오는 내심 민망한 마음에 밀크티가 담긴 머그

잔으로 시선을 옮겼다.

"내일 아침에 떠나는 거지?"

정오의 물음에 로혼은 곧장 답하지 않았다.

"왜, 아니야?"

"실은 지금 떠나려고 해."

"뭐? 왜?"

"임무가 끝났으니까."

로혼은 더 같이 있고 싶다는 말을 속으로 삼켰다.

"그럼 우리 이 타이머가 종료될 때까지만 수다 떨래?"

"타이머?"

정오는 달섬에 오기 전 집에 들러 챙겨 온 배낭에서 뭔가를 꺼냈다. 두리안만큼 커다란 모래시계였다.

"이게 그 타이머야? 날 새겠는데?"

로혼의 반응에 정오가 실실 웃었다.

"이거 네가 남긴 거야. 나한테 선물하려고 했던 것 같은데 그 사고 이후에 네 차 안에서 찾았지."

"내가? 무슨 이렇게 큰 모래시계를……."

"그러게, 이렇게 무식하게 큰 모래시계라니."

정오가 모래시계를 뒤집었다. 고운 모래가 좁은 통로를 통해 떨어지기 시작했다. 정오는 떨어지는 모래를 보며 차분히 말했다.

"이 모래시계에는 네가 내게 남긴 메시지도 있었어. 왜 이렇게 큰 모래시계를 준비했는지에 대한 이유가."

"이유가 뭐였어?"

"네가 보기에 내가 스스로를 너무 억압하는 것처럼 보였나 봐. 시간을 분 단위로 쪼개 쓰는 내가 안쓰러워 보였대. 그래서 긴 시간을 선물하고 싶었대. 여유를 즐기길 바란다면서. 그런데 사실 나 이 모래시계 한 번도 써본 적 없어. 이 정도로 긴 시간을 통으로 써본 적이 있어야지."

"내가 괜한 선물을 했던 건가?"

"아냐, 오늘부터 써보려고."

정오는 우빈이 끝내 생전 자신의 기억을 되찾지 못한 점이 마음에 걸렸다. 그래서 살아 있을 때 그에 관한 이야기를 들려줬다.

"뻥 치지 마, 진짜 내가 그랬다고? 그거 네 이야기지?"

"진짜라니까."

"그리고 넌 갑각류 알레르기가 있었어."

"헐, 그럼 새우버거는 못 먹었겠구나."

"맞아, 넌 치킨버거 쪽이었어."

그러는 동안 창가로 푸르스름한 빛이 들어오기 시작했다. 모래시계는 두어 시간 전에 멎은 상태였다.

로혼이 창문을 바라보며 말했다.

"슬슬 가야겠다. 고마워, 한정오. 내 기억을 전부 찾진 못했지만 널 통해 듣는 게 더 좋았어."

"아직 들려줄 이야기가 더 많은데……."

"네가 기억해주면 난 그걸로 만족해. 그리고 여기 말이야."

"달섬?"

"응, 앞으로 운영을 네가 맡아줄래? 내 기억을 선물해준 답례라고 생각하면 좋겠는데 무리려나?"

정오가 거칠게 고개를 저었다.

"아냐, 해볼게."

"그래, 너라면 사람들에게 좋은 추억을 남겨줄 수 있을 거야."

서서히 로혼의 몸이 투명해졌다. 로혼이 투명해지는 자기 손을 보며 말했다.

"이제 진짜 작별이야. 잘 있어, 정오야."

"잘 가, 우빈아."

로혼은 그렇게 사라졌다. 정오는 밝아오는 빛을

보며 다짐했다. 매일 아침 살아 있음에 감사하는 마음으로 하루를 시작하기로. 하이철, 조우빈과 지냈던 시간을 소중하게 생각하기로. 또다시 그리움과 슬픔에 잠식되는 순간도 있겠지만 그럴 땐 슬픔의 이면을 떠올리기로 자신과 약속했다.

내 것이지만 쓸모없다고 생각한 무언가가 갑자기 사라진다면 어떨까? 사라지는 게 그림자(슬픔)라면? 『그림자가 사라진 정오』는 이 질문에서 시작됐다. 이 소설 속 인물 대다수는 슬픔을 가져가주는 대가로 기꺼이 자신의 그림자를 판다. 그런데 만약 이런 일이 현실에서 벌어진다면 어떨까? 나는 생각보다 많은 사람이 슬픔을 온몸으로 감당하리라 믿는다. 소중하다고 여겼던 대상을 잃고도 비통함을 느끼지 못한다면 그 얼마나 공허한 삶인가. 슬픔이란 애틋했던 관계의 흔적일지도 모른다. 그런 의미에서 나는 사람이 사랑하는 대상을 위해서라면 기꺼이 슬픔의 바다로 뛰어들 수 있는 존재라 믿고 싶고 그런 바람이 내가 글을 쓰는 원천이다.

정오의 후반부를 쓰고 있을 무렵 오랫동안 함께 지낸 반려묘를 떠나보냈다. 스스로 식음을 전폐한 작은 생명체를 지켜보는 일은 예상보다 더 힘들었다. 떠나보내며 몇 번인가 아이처럼 울었고 그 슬픔이 내 사랑의 온도였다고 생각한다. 이제 정오와 로혼 그리고 전태진을 떠나보낸다. 후련함보다는 서운한 마음이 큰 것으로 보아 사랑했나 보다. 이들이 독자들께도 두루 사랑받기를 바란다.

세심한 시선으로 애정 어린 조언을 해주신 박진혜, 최웅기 편집자님께 이 자리를 빌려 깊은 감사를 전한다. 씨앗에 불과했던 소재를 와락 품어주신 강병철 사장님이 없었더라면 이 책은 나오지 못했을 것이다.

마지막으로 병마와 싸우고 있는 아버지와 그런 남편의 수발을 드느라 고생하시는 어머니께 많이 사랑한다는 말을 전한다.

땅끝순례문학관에서
김동하

네온사인 08

그림자가 사라진 정오

© 김동하, 2024

초판 1쇄 인쇄일 2024년 6월 17일
초판 1쇄 발행일 2024년 6월 24일

지은이 · 김동하

펴낸이 · 정은영
편집 · 최웅기 박진혜 정사라
디자인 · 홍선우
마케팅 · 최금순 이언영 연병선
　　　　윤선애 최문실
제작 · 홍동근
펴낸곳 · 네오북스
출판등록 · 2013년 4월 19일
　　　　　제2013-000123호
주소 · 서울시 마포구 양화로6길 49
전화 · 편집부 (02)324-2347
　　　경영지원부 (02)325-6047
팩스 · 편집부 (02)324-2348
　　　경영지원부 (02)2648-1311
이메일 · neofiction@jamobook.com

ISBN 979-11-5740-418-6 (03810)

이 책은 전라남도, (재)전라남도문화재단의
지원을 받아 발간되었습니다.